Hendrik Groen bij Meulenhoff:

*Pogingen iets van het leven te maken*

*Zolang er leven is*

*Leven en laten leven*

*Een kleine verrassing*

*Opgewekt naar de eindstreep*

*Rust en Vreugd*

*Groeten uit Benidorm*

*Meneer Putmans ziet het licht*

*De slag om Rust en Vreugd*

meulenhoff.nl

Hendrik Groen

# *De slag om Rust en Vreugd*

ROMAN

MEULENHOFF

ISBN 978-90-896-8313-7
ISBN 978-94-023-2509-6 (e-book)
ISBN 978-90-528-6871-4 (audio)
NUR 301

Omslagontwerp en plattegrond: Bloemendaal & Dekkers
Letterbeeld auteursnaam: Ingrid Bockting
Zetwerk: Pier Post

# I

Haar schoenen knersten in de sneeuw. Emma hield even halt en keek om zich heen: zo kende ze Rust en Vreugd niet. Alles was stil en wit, alleen de huisjes gaven het tuinpark een beetje kleur.

Nelson duwde zijn neus in de sneeuw en tilde daarna lui een poot op om een geel streepje in de witte wereld te plassen.

Nelson was een cadeau van de voorzitter van Rust en Vreugd, Harm van Velsen, nadat zijn eigen hond het vorige hondje van Emma had doodgebeten. Eind oktober had hij onverwacht voor haar deur gestaan met een kartonnen doos met een pup erin.

Emma had hem Nelson genoemd. Afhankelijk van wie ernaar vroeg zei ze dat hij vernoemd was naar Nelson Mandela óf naar de Engelse admiraal Nelson. Gewoon, voor de grap.

Ze had nog even geaarzeld of ze haar hond Wim zou noemen, ook leuk, maar uiteindelijk vond ze Nelson de naam die het beste bij hem paste, al kon ze niet uitleggen waarom. Nelson was een vrolijk hondje van een onbekend merk. Niet te klein, niet te groot, opgewekte kop, rommelige donkerbruine vacht en flaporen.

Roos, haar vriendin op de tuin, had geopperd dat Nelson waarschijnlijk een kruising was tussen een teckel en een bouvier.

'Het maakt niet uit wie van de twee het vrouwtje was, de verwekking moet in beide gevallen een grappig gezicht zijn geweest.'

Emma was de laatste paar maanden niet in haar tuinhuisje geweest. Eind oktober had ze alles netjes opgeruimd, het water afgesloten, de koelkast ontdooid en de deur op een kiertje gezet, de ramen gesloten en daarna de voordeur op slot gedaan. Bij het hekje had ze zich nog even omgedraaid en rondgekeken. Er was veel gebeurd in ruim een half jaar Rust en Vreugd. Weinig rust, flink wat vreugd en ook wat verdriet.

Nu was het februari en was ze even terug. Ze had thuis de theepot gebroken toen Nelson onverwachts tegen haar opsprong en ze had in haar tuinhuisje nog zeven theepotten staan, een erfenis van de vorige eigenaar, dus nu kwam ze er een halen. Het was tevens een mooi excuus om weer eens op het park te komen kijken. Want Emma moest bekennen dat ze haar huisje en de bewoners van het complex miste, zelfs haar niet-vrienden, zoals vader en zoon Van Velsen en de gebroeders Bijl. Ze keek nog meer dan in vorige jaren uit naar de lente. Vanaf 1 april ging Rust en Vreugd weer echt open, dan mochten de tuinders weer in hun huisjes slapen.

Nelson gaf een rukje aan zijn riem. Zijn oren stonden overeind.

'Wat is er, jochie? Ruik je een konijn?' vroeg Emma en ze keek rond. Ze schrok toen ze, twintig meter voor haar, iemand door het raam van het huisje van haar buurvrouw Roos zag gluren.

Zag ze dat nou goed?

'Meneer Boekhorst?'

Hij draaide zich met een ruk om.

'Mevrouw, eh… Quaadvliegh was het toch?'

'Mag ik vragen wat u in de tuin van mijn vriendin doet?'

Boekhorst keek ongemakkelijk. Hij kuchte om tijd te winnen.

'Eh… nou… ik, eh… deed mijn controleronde en ik meende iets van beweging te zien in het huisje van mevrouw Kapper, dus ik dacht: daar moet ik het fijne van weten. Ik ben tenslotte van de veiligheid hier op het park. We kunnen niet hebben dat er dingen gebeuren die niet door de beugel kunnen.'

'Zoals?'

'Nou, inbraak, vernieling, illegale bewoning en ga zo maar door.'

'En?'

'En wat?'

'Hebt u iets van inbraak of vernieling of ga zo maar door kunnen constateren?'

Boekhorst aarzelde. 'Nee, eh… eigenlijk niet, behalve dan dat ik vanochtend sporen in de sneeuw heb aangetroffen die naar het huisje van mevrouw Kapper leidden.'

Emma keek eerst naar de grond en toen met een glimlach naar Boekhorst.

'Ik zie alleen uw sporen.'

'Nee, vanochtend waren er nog andere sporen, die zijn nu gewist.'

'Ik wil niet vervelend zijn, maar waarom komt u dan nu pas kijken?'

Boekhorst wist even niets anders dan een langgerekt 'eeeh' te produceren. Emma bleef hem vriendelijk aankijken.

'Ik had vanmorgen al poolshoogte genomen en ik dacht een kwartiertje geleden: toch effe dubbelchecken. Maar ik heb gelukkig geen, eh… niks geks aangetroffen.'

Emma hield haar hoofd een beetje schuin en zei opgewekt: 'Gelukkig maar. Hebt u de afgelopen maanden veel omhanden gehad hier?'

'Nou, best wel wat dingetjes. Flink wat niet goed afgesloten deuren en ramen, twee gesprongen waterleidingen en natuurlijk die rotjochies…'

'Rotjochies?'

'Ja, gassies van een jaar of twaalf, dertien, die hier komen rondhangen en dingen slopen.'

'Is er veel gesloopt dan?'

'Nee, dat niet. Sinds ik er ben durven ze niet over het hek te klimmen.'

Emma knikte. 'Nou, ik hoor het al, best een hoop werk. U bent hier niet voor niets de veiligheidsman.'

'Wat u zegt, mevrouw,' beaamde Boekhorst. De licht ironische toon van Emma ontging hem.

'Nou, ik ga maar weer eens verder met mijn ronde,' bromde hij. 'Vergeet u niet bij het verlaten van het park het hek weer op slot te doen. Wat komt ú trouwens doen?' Boekhorst had zijn gebruikelijke handhaverstoon weer te pakken.

'Ik kom een theepot halen.'

'Een theepot?'

'Ja, mijn theepot thuis was gebroken en ik heb er hier in mijn huisje nog een paar over, dus die ga ik nu halen. Blijft u nog lang in de tuin van mevrouw Kapper staan?'

'Ik doe dit voor de veiligheid van de mensen en hun eigendommen, hè!'

'Natuurlijk, meneer Boekhorst. Dag, meneer Boekhorst.'

'Prettige dag nog, mevrouw Quaadvliegh.'

*Sinds de half gelukte geweldloze staatsgreep afgelopen zomer tegen voorzitter Van Velsen en zijn getrouwen, door Emma, Roos, Ahmed en Erik, die zich hadden verenigd onder de naam Klavertje Vier, was er sprake van een gewapende impasse.*

*Bestuursvoorzitter Van Velsen negeerde zijn nieuwe bestuursleden Emma en Ahmed, die op hun beurt Van Velsen en zijn secretaris/meeloper Zijlstra met rust lieten, zolang die geen besluiten namen waar ze het niet mee eens waren. Het vijfde bestuurslid, penningmeester Fietje van Velsen, werd door beide partijen ontzien omdat het zo'n schatje was.*

*Sinds eind juni had er geen bestuursvergadering meer plaatsgevonden, maar daar merkte je in de praktijk weinig van. Het leven op de tuin ging zijn gang, alleen bestuurd door de natuur.*

*De tegenstellingen en irritaties op Rust en Vreugd waren tijdelijk opgeborgen, maar niet vergeten. In oktober was het sluimerend onbehagen, net als het tuinpark zelf, in een winterslaap gevallen.*

*En nu riep het voorjaar: 'Wakker worden!'*

## 2

'Ik ben helemaal vergeten te vertellen dat ik Boekhorst nog een keer heb betrapt toen hij bij je naar binnen stond te gluren.'

Roos keek Emma verbaasd aan. 'Bij mij? Was ik thuis?'

'Nee, het was, wat zal het zijn… een maand of twee geleden, ik ging wat ophalen uit mijn huisje en hij stond voor jouw huis met zijn neus tegen het raam.'

'Gatver!' Roos trok een vies gezicht. 'Die smerige neus van hem tegen mijn raam. Ik ga meteen lappen. Nee hoor, grapje.'

'Ik vond het toch een beetje… unheimisch,' zei Emma.

'*Schön gesagt*, Em,' zei Roos, '*und der Bockwurst ist sowieso überhaupt unheimisch.*' Er volgde een gulle lach om haar eigen grap.

Het was het eerste weekend dat de tuinders weer in hun

huisjes mochten slapen en er hing een opgewekte vakantiesfeer. Er waren hartelijke begroetingen, er werd gesleept met spullen en in veel huisjes werd gesopt, geveegd en gelucht. Emma en Roos keken vanachter het raam van de kantine naar alle drukte.

'Ik start graag traag,' zei Emma. 'Eerst even kijken naar al dat gedoe, moed verzamelen en dan rustig beginnen met een klein, eenvoudig klusje.'

'Zoals koffiedrinken met je beste tuinvriendin,' vulde Roos aan.

Emma en Roos hadden elkaar in de wintermaanden niet gezien. Hun vriendschap hoorde toch een beetje bij de tuin en ging in de wintermaanden op de spaarstand. Af en toe een teken van leven in de vorm van een appje of een mailtje en verder vooral steeds meer zin krijgen in het voorjaar en in elkaars gezelschap.

Roos legde een hand op Emma's arm. 'Ik heb je gemist, Em, het is best wel lang, van november tot april zonder tuingedoe en zonder jou.'

'Helemaal mee eens, Roos. Volgende keer doen we in de winter een reünie. Om bij te kletsen en chocomel met rum te drinken.'

'Zullen we dan samen naar iets tuttigs gaan?' stelde Roos voor.

'Zoals?'

'Nou, eh... wat dacht je van een kerstmarkt? Bijvoorbeeld in Aken, die schijnt heel tuttig te zijn.'

‘Geweldig idee, schat. Wat een goed begin: we hebben nog niks in de tuin gedaan maar wel al het probleem van de komende lange winter opgelost.’

‘Wel met een nachtje in een leuk hotelletje, toch?’

‘Misschien wel twee nachtjes. En lekkere Duitse haute cuisine: een schnitzel over de rand van je bord of een grote vette bratwurst.’

‘Jakkes, daar moet ik even niet aan denken. Ik neem wel een extra glaasje riesling.’

‘Was een grapje, hoor, van die wurst,’ zei Emma.

‘Dat van die riesling anders niet,’ zei Roos, en ze vervolgde: ‘Hoor ons nou eens! Op deze prachtige lentedag hebben wij het over het kerstmenu.’

‘De dag is al helemaal geslaagd. Ik ga verder niks doen, alleen een beetje in mijn tuin zitten.’

Roos knikte. ‘Vind je het goed als ik met je mee kom zitten?’

‘Eerst een uurtje in mijn tuin en daarna een uurtje in die van jou? Boek mee?’

‘Lang leve Rust en Vreugd.’

## 3

Op het mededelingenbord bij de kantine hing een bericht van de secretaris van Rust en Vreugd.

*Geachte tuinders,*

*Met ingang van 1 januari hebben de volgende mutaties plaatsgevonden:*

*Tuin 42*
*Vertrokken: mevrouw I. Heijnen*
*Nieuwe bewoners: de heer V. Hofmeulen en de heer A. Merkelbach*

*Tuin 59*
*Vertrokken: de heer G. Poelman en mevrouw I. Poelman-de Vries*
*Nieuwe bewoner: mevrouw B. de Winter*

*Wij wensen de nieuwe tuinders veel Rust en Vreugd.*

*B. Zijlstra, secretaris*

'Het zijn twee mannen,' merkte Henk Bijl peinzend op. 'Ik weet niet of we daar blij mee moeten zijn.'

'Hoezo dat?' vroeg zijn vrouw Irma.

'Nou... dat zijn vast homo's, denk ik.'

'Nou en? Dat zijn juist hele gezellige mensen. En artistiek ook vaak.'

'Maar kunnen ze tuinieren?'

'Waarom niet? Je zegt toch ook niet, eh... ik noem maar wat, dat... banketbakkers vast niet kunnen tuinieren?'

'Je noemt inderdaad maar wat. Waar slaat dat nou weer op: banketbakkers kunnen niet tuinieren?'

'Nou, dat is precies hetzelfde als: homo's kunnen niet tuinieren.'

'Ik zeg niet dat ze niet kunnen tuinieren. Ik vraag het me af. Gewoon een objectieve vraag.'

'Ik vind het leuk, verschillende soorten mensen,' hield Irma vol.

'Ja, nou weet ik het wel,' snauwde Henk, en hij draaide zich om en ging de kantine binnen.

In de kantine stond Fietje van Velsen, de vrouw van de voorzitter, op haar vertrouwde plek achter de bar. Ze had haar gele plastic huishoudhandschoenen aan om, tussen de schaarse bestellingen door, de bar te boenen en de glazen te poetsen.

'Mag ik twee koffie met melk en suiker, Fietje?' vroeg Henk Bijl, die aan de bar kwam staan.

Fietje had enige moeite om, met haar handschoenen aan, twee kopjes koffie in te schenken uit de Bravilor.

'Misschien moet je die gele dingen effe uitdoen, Fie, dan gaat het een stuk makkelijker,' stelde Henk voor.

'Als ik ze uitdoe, gaan ze binnenstebuiten en krijg ik ze bijna niet meer aan. Vanwege dat ik natte handen heb,' verontschuldigde Fietje zich.

'Wat jij wil.'

Fietje zette de twee kopjes koffie op de bar. 'Dat is dan twee euro en twintig cent.'

Henk fronste zijn wenkbrauwen. 'Zo, de koffie is flink duurder geworden.'

'Ja, sorry, tien cent. Dat komt door de inflatie.'

'Zet maar op de rekening van de tuincontrolecommissie,' gebood Henk.

Fietje keek verbaasd. 'Er is geen rekening van de tuincontrolecommissie.'

'Nou, dan kun je die misschien even maken? Ik ben in functie vandaag. En je hoeft toch geen geld toe te leggen op je werk voor Rust en Vreugd?'

Op dat moment kwam Roos naast Henk aan de bar staan. 'Goeiemorgen, Henk, hallo, Fietje.'

Henk keek geërgerd naast zich en bromde iets terug.

'Dag, Roos,' zei Fietje en daarna richtte ze zich weer tot de voorzitter van de tuincontrolecommissie.

'Er is alleen een rekening voor het bestuur, Henk, en dat vind ik eigenlijk al... nou ja, een beetje onnodig, maar het moet van Harm.'

'Dan zet je die twee koffie toch op rekening van het bestuur.'

'Nee, dat mag niet, want je zit niet in het bestuur.' Fietje keek angstig, maar hield voet bij stuk.

'Zeg, Henk,' zei Roos, en ze keek hem met een vilein glimlachje aan, 'wil je misschien wat geld van me lenen?'

'Ik heb jouw geld niet nodig,' viel Henk uit en hij zocht in zijn zakken naar zijn portemonnee.

Fietje wachtte geduldig.

Henk kreeg een rood hoofd. 'Hij ligt denk ik in mijn huisje.'

'Zal ik dan maar trakteren, Henk?' vroeg Roos.

'Nee! Ik zeg toch dat ik jouw geld niet hoef.'

Fietje wipte achter de bar van haar ene been op haar andere. 'En nu? Ik kan de koffie niet teruggooien, want er zit al melk in.'

'Ik ga mijn portemonnee halen.'

'Dan is straks je koffie koud. Drink eerst maar op dan en ga daarna maar geld halen.'

Henk pakte met een chagrijnige kop de twee koppen koffie en liep naar het tafeltje waar zijn vrouw zat te wachten.

'Bedankt, Fietje, namens Henk!' riep Roos luid door de kantine.

## 4

'Tante Emma, ben je thuis?' riep Boris vanachter het tuinhekje.

Emma stak haar hoofd om de deur. 'Hé, dat lijkt Boris wel,' riep ze terug. 'Maar dat kan hem niet zijn, want Boris is veel kleiner dan dit jongetje.'

'Ik ben het wel, hoor,' zei Boris verschrikt.

Emma liep naar hem toe, opende het hekje en gaf Boris een stevige knuffel. 'Kerel, wat ben jij groot geworden deze winter! Jij hebt zeker heel veel boerenkool gegeten?'

'Ik lust geen boerenkool. Ik heb wel veel pizza gegeten.'

'Nou, dan ben je daar zo groot en sterk van geworden.'

Boris informeerde of het gras al gemaaid moest worden. Emma keek naar haar minigrasveldje. Het gras was eigenlijk kort genoeg, maar ze wilde Boris niet teleurstellen.

'Ik denk dat het gras een hele goeie hoogte heeft om er weer een beetje in te komen. Zou je het nog kunnen na zo'n lange tijd?'

Boris knikte heftig van ja.

Vijf minuten later ratelde de grasmaaier en liep Boris met een serieus gezicht baantjes te maaien. Emma zat met haar jas aan in de zon op het bankje voor haar huisje en keek tevreden rond. Ze wist weer waarom ze blij was met haar volkstuintje.

'Dat ene hoekje ben je vergeten, Boris,' riep ze. Boris speurde rond en zag het ongemaaide stukje. 'Dat daar?'

'Ja. En daarna limonade.'

Even later zaten ze allebei tevreden aan een glaasje limo.

'Hoe is het thuis, Boris?'

'Nou...' het jongetje keek wat moeilijk, 'papa en mama schreeuwen wel een beetje vaak tegen elkaar. Over een hond en over wie de auto mag en over dat die ander schreeuwt.'

'Dat is niet zo gezellig, hè?'

'En over wie mee moet naar voetbaltraining.'

'Zit je op voetbal?'

'Ja. Ik heb al drie doelpunten gemaakt. Eentje met mijn knie.'

'Echt? Wat knap. Mag ik een keertje naar een wedstrijd komen kijken?'

Dat mocht. 'Samen met opa.'

'Gaat opa altijd mee naar voetballen?'

Boris knikte. 'Ja.'

Emma aarzelde. Ze vermoedde dat Harm van Velsen niet enthousiast zou zijn over haar komst.

'Misschien is het een beetje veel, ik én opa?'

'Nee hoor, papa en mama gaan ook wel eens mee.'

'Nou, eh... misschien ga ik een keer samen met mama kijken.'

'Opa is heel leuk, hoor. Hij doet hele grappige dingen. Laatst gingen we samen pannenkoeken bakken en toen gooide hij een pannenkoek heel hoog in de lucht, zo tegen de lamp en daarna half op zijn hoofd. Toen moesten we allebei keihard lachen.'

'Jullie zijn twee grapjassen,' zei Emma glimlachend. 'Ik had trouwens niet gedacht dat jouw opa pannenkoeken kon bakken.'

'Kon-ie ook niet. We hebben de meeste weggegooid. Die waren heel zwart. Maar dat geeft niks als je er heel dik stroop op doet.'

# 5

Erik had Emma, Roos, Ahmed en Meyra uitgenodigd in zijn huisje om de nieuwe lente te vieren. Hij had zijn optrekje schoongemaakt en versierd met narcissen en een appeltaart gebakken.

De lente zelf wilde nog niet zo meewerken, want het regende en waaide alsof het november was.

'Regen mag de pret niet drukken,' riep Roos bij binnenkomst terwijl ze zich uitschudde als een hond. Erik keek een beetje moeilijk naar de grote klonten aarde aan haar laarzen, maar dat ontging haar in haar enthousiasme. Toen Roos klaar was met haar rondje om alle aanwezigen te begroeten, wees Emma geschrokken naar het spoor van modder dat ze had achtergelaten. 'Kijk nou toch.'

'O gut,' Roos sloeg haar handen voor haar mond, 'ben ik dat?'

'Dat ben jij,' bevestigde Erik zuinigjes. 'Het geeft niet, hoor, ik maak het straks wel weer schoon. Maar misschien kun je wel even je laarzen uittrekken?'

Even later schonk Erik thee en serveerde taart en zat Roos op haar knieën naast een emmertje sop de sporen van haar entree uit te wissen.

Er werd vrolijk gebabbeld over de koetjes en kalfjes van de voorbije winter.

'Het lijkt wel alsof we niet weg zijn geweest,' merkte

Ahmed tevreden op. 'Onze club, Klavertje Vier, is meteen weer springlevend.'

'Goed dat je het noemt, want daar wil ik het graag even over hebben,' zei Erik. 'Ik zou willen pleiten voor een nieuwe naam, namelijk Klavertje Vijf. En dan hebben we natuurlijk ook een nieuw lid nodig en ik stel Meyra voor. Niet zozeer vanwege haar fameuze baklava, al is dat een niet te onderschatten pluspunt, maar vooral vanwege haar scherpe geest.'

'Erik, jongen, wat kan jij de dingen toch mooi zeggen,' zei Roos vanuit het keukentje, waar ze de dweil nogal woest aan het uitspoelen was, waardoor er modderwater in het rond spatte. Erik trok opnieuw een gepijnigd gezicht, maar zei niets.

Roos keek de kamer rond. 'Dus allemaal vóór?'

Iedereen applaudisseerde voor het nieuwe lid van Klavertje Vijf. Meyra moest ervan blozen en stralen tegelijk.

'Dat betekent,' vatte Ahmed samen, 'dat we vanaf nu twee leden in het bestuur van Rust en Vreugd hebben, Emma en ik, en maar liefst drie schaduwleden die ons met wijze raad terzijde kunnen staan.'

'Maak je borst maar nat, Van Velsen,' zei Roos met gebalde vuist, 'en de rest van je kliek ook, want Klavertje Vijf gaat jullie verpletteren of anders toch op zijn minst ondersteboven schoffelen, om in tuintermen te blijven. Daar moet op gedronken worden.' En ze haalde met een sierlijk gebaar een fles prosecco uit haar tas.

Even later plopte de eerste kurk van het nieuwe tuinseizoen van de fles.

'Op veel rust en vreugd,' zei Erik.

'En een beetje heisa,' voegde Roos eraan toe.

Emma keek tevreden de kring rond. 'Als ik een poes was, ging ik nu spinnen.'

# 6

'Nou, dat begint alweer goed,' mopperde Emma, 'moet ik uit een briefje op het mededelingenbord opmaken dat er volgende week vrijdag een bestuursvergadering is. Eerst weigert hij maandenlang een vergadering uit te schrijven en nu dit.' Ze stond samen met meneer Van Beek de berichten op het bord bij de kantine te bestuderen.

'Ja, dat is vreemd,' beaamde de oude tuinder.

'Ik zit in dat bestuur, dus het lijkt me handig om te weten wanneer ik moet vergaderen.'

'U weet natuurlijk dat ik... dat de heer Van Velsen heeft geprobeerd mij van de tuin te krijgen, omdat ik te oud was. Vond hij. Ik weet niet meer zeker of ik u heb bedankt dat u ervoor hebt gezorgd dat ik kon blijven.'

'U hebt me een knuffel gegeven en een hele mooie fuchsia.'

'O... heb ik dat gedaan? Gelukkig. Ik vergeet zo veel de laatste tijd. Ik zou het echt erg vinden als ik u niet had bedankt.'

Emma pakte zijn gerimpelde hand en kneep er even zachtjes in. 'Ik ben blij dat u er nog steeds bent: de koning van de fuchsia's, oud maar niet dood.'

'Die Van Velsen is niet integer. En zijn zoon ook niet.' Van verontwaardiging piepte de adem van de oude man nog meer dan gebruikelijk.

'Laten we zeggen dat hij op geheel eigen wijze integer is.'

'Dan is iedereéén op zijn eigen wijze integer.'

'Daar hebt u gelijk in. Maar wij blijven hem in de gaten houden. Toch?'

Van Beek knikte.

'En daar ga ik nu meteen mee beginnen. Tijd voor een bezoek aan onze geachte voorzitter om te vragen waarom hij zijn bestuursleden niet uitnodigt voor een bestuursvergadering.'

'Heb ik u al gevraagd om binnenkort een kopje thee te komen drinken en mijn nieuwe fuchsia's te komen bekijken?'

'Nee, dat hebt u nog niet gedaan. Maar ik kom graag eens langs.'

'Nu nog niet hoor! De fuchsia's zijn nog niet op hun mooist.'

'Ik heb alle tijd.'

Van Beek schudde langzaam zijn hoofd. 'Maar ik niet.'

Ze wensten elkaar een mooie dag.

# 7

Emma keek de tuin van de voorzitter in. Het ontvangstcomité van kabouters stond er frisgewassen bij. Fietje had ze allemaal een sopje gegeven en ze glommen in de zon. Ze aarzelde even, haalde diep adem en belde aan. De voorzitter was de enige tuinder die bij zijn tuinhek een bel had.

Binnen klonk geblaf. De deur van het huisje ging open en Harm van Velsen verscheen in de deuropening. Hij deed een paar stappen naar voren en stopte toen.

'Wat kom je doen?'

'Goeiemorgen, Harm. Hoe gaat het?'

'Goed. Wat kom je doen?'

Uit het huisje kwam een jonge herdershond gerend, die langs zijn baas stoof en vrolijk kwispelend tegen het hekje sprong waarachter Emma stond. Ze aaide hem over zijn kop.

'Is dat je nieuwe hond? Wat een scheetje!'

Van Velsen keek chagrijnig. Emma vermoedde dat hij 'scheetje' niet als compliment voor zijn hond opvatte.

'Hij moet nog afgericht worden.'

'Hoe heet hij? Of is het een zij?'

'Het is een hij en hij heet Rex.'

'Stoere naam. Mijn nieuwe hond, die dus ook een klein beetje van jou is, heet Nelson.'

'Gefeliciteerd. Voor de derde keer: wat kom je doen?'

Emma had niet verwacht met open armen ontvangen te worden, maar ze schrok toch van deze botheid.

'Ik lees net op het mededelingenbord dat er volgende week vrijdag een bestuursvergadering is. Mijn vraag is: waarom weet ik dat niet? En ik vermoed zomaar dat Ahmed het ook niet weet.'

'Je weet het nu toch?'

'Maar je kunt toch geen bestuursvergadering uitschrijven zonder alle bestuursleden uit te nodigen.'

'Daarvoor moet je bij Zijlstra zijn. Die is secretaris.'

Emma keek Harm scherp aan. 'Beste Harm, niet om het een of ander, maar Bert doet alleen maar wat jij zegt.'

'Twee dingen, Quaadvliegh. Eén, ik ben je beste Harm niet en twee, wat Bert doet is niet mijn verantwoordelijkheid.'

Emma haalde diep adem en besloot nog één poging te wagen. 'Ik weet dat je niet blij bent met Ahmed en mij in het bestuur, maar we zijn democratisch gekozen dus daar is niets aan te veranderen. Ik ga ervan uit dat we allemaal het beste voor hebben met Rust en Vreugd, dus ik stel voor samen...'

Harm onderbrak haar ruw. 'Mijn Rust en Vreugd is de jouwe niet, Quaadvliegh, en ik zit hier al zevenenvijftig jaar.'

'Je kunt niet zomaar twee bestuursleden volkomen negeren omdat jij hier het langst zit,' zei Emma giftig.

'O nee? Moet jij eens zien of ik dat kan. Goeiedag verder.'

Harm draaide zich om en liep zijn huisje binnen. In zijn boosheid vergat hij zijn hond.

Rex kwispelde, keek even om naar het huisje en liet zich toen door Emma aanhalen.

'Rex, godverdomme,' Harm stond weer in de deuropening, 'hierrrrr.'

De hond bleef sullig naast Emma staan. Van Velsen beende woedend naar zijn hond en trok hem hard aan zijn halsband het tuinhuisje in. Rex piepte zachtjes. Met een knal viel de deur dicht.

## 8

Wandelen met Nelson was voor Emma de beste manier om boosheid te laten zakken. Ook deze keer was ze na een grote ronde om het tuinpark weer kalm toen ze Rust en Vreugd opliep, maar als kleine daad van protest hield ze haar hondje niet aan de lijn. Hij profiteerde daarvan door overal zijn nieuwsgierige neus in te steken. Toen Emma bijna bij haar huisje was, schoot Nelson door een openstaand hekje een tuin in en stelde zich met een scheve kop op bij een picknicktafel waaraan twee mannen zaten, elk met een broodje in hun hand. Nelson keek begerig naar de halve leverworst die op de rand van de tafel lag.

'Nelson!' riep Emma bestraffend. 'Dat mag niet. Kom!'

Hij keek even om naar zijn baasje, maar concentreerde zich toen weer op de worst.

De mannen keken lachend van de hond naar Emma en weer terug.

'Ik geloof dat hij Oost-Indisch doof is,' zei een van de twee.

Emma aarzelde.

'Kom gerust verder, hoor,' moedigde de andere man haar aan.

Emma liep, enigszins ongemakkelijk, de tuin in. De mannen legden hun broodje neer, stonden op en staken tegelijk hun hand uit.

'Ik ben Viktor, welkom in ons paradijsje.'

'Emma, aangenaam. En dit is dus Nelson.'

'Aad Merkelbach, prettig kennis te maken. Wij zijn nieuw hier. Leuke hond hebt u trouwens.'

'Een ouwe bedelaar is het.'

'Heet u Quaadvliegh van achteren?'

Emma knikte.

'Dan bent u een van de twee nieuwe bestuursleden, toch?'

'Nou... laten we het daar maar een andere keer over hebben.' Emma veranderde snel van onderwerp. 'Bevalt het tot nu toe op Rust en Vreugd?'

Viktor en Aad buitelden zowat over elkaar heen van enthousiasme. Na een uitgebreide lofzang op het tuinleven vroeg Aad of Emma hun een keer het genoegen wilde doen op de koffie te komen.

'Met alle plezier,' antwoordde Emma glimlachend, 'dan

neem ik iets mee voor bij... neeee, NEL-SON, ben je helemaal besode...'

Nelson had van ieders onoplettendheid gebruikgemaakt door er met het stuk leverworst vandoor te gaan. Hij stond een paar meter verderop met een scheve kop en de worst half uit zijn bek naar zijn baasje te kijken. Ze liep op hem af, maar Nelson besloot er een spelletje van te maken: krijgertje.

Het duurde even voor ze gedrieën het hondje in een hoek hadden gedreven en uiteindelijk een klein restje leverworst hadden terugveroverd. Het grootste stuk had Nelson tijdens de klopjacht naar binnen gewerkt. Emma schaamde zich een beetje voor haar hond, maar Viktor en Aad hadden de grootste lol.

## 9

Een enigszins deftige mevrouw met een zwierig hoedje en een opvallende mintgroene tuinoverall waar de vouwen nog in zaten, opende het hekje en kwam ongevraagd Emma's tuin binnenwandelen. Dat was geen goed begin. Emma keek verstoord op van haar boek.

'Hoi, ik ben Bella, Bella de Winter, en ik kom me even voorstellen. Ik ben nieuw hier.'

Emma was opgestaan uit haar stoel. 'Ik ben Emma Quaadvliegh en ik ben tweedejaars.'

'Tweedejaars?'

'Ik ben hier voor het tweede jaar.'

'O.'

Emma voelde zich een beetje ongemakkelijk bij deze opgedrongen kennismaking, maar daar leek Bella geen last van te hebben.

'Leuk huisje, Emma. En leuke tuin ook. Veel leuker dan die van je buurvrouw.' Ze wees op de tuin van Roos.

'O... is dat zo?'

'Vind je niet?'

'Nou... eigenlijk vind ik het wél een leuke tuin en daarbij: die buurvrouw is mijn beste vriendin hier.'

'O, maar dan heb ik niks gezegd hoor,' haastte Bella zich te zeggen.

Er viel een stilte. Emma vermoedde dat Bella stond te wachten op een uitnodiging voor thee of koffie, maar daar had ze helemaal geen zin in. 'Welke tuin heb jij?' vroeg ze toen maar om de stilte te doorbreken.

'Tweede pad rechts en dan de tweede tuin. Met een geel met wit huisje.'

Het gesprek stokte opnieuw.

'Nou... het was leuk even kennis te maken,' zei Bella toen met een klein zuchtje, 'en kom gerust eens aanwaaien.'

'Zal ik doen. Mooie dag nog.'

Bella draaide zich om en liep de tuin uit. Nog even keek ze om, stak een hand op en wandelde weg.

'Dit is niet mijn type,' mompelde Emma.

# 10

Voorzitter Harm van Velsen keek zonder iets te zeggen strak voor zich uit. Zijn vrouw Fietje was in de weer met koffie, thee en koekjes. Secretaris Bert Zijlstra deed alsof hij zijn papieren bestudeerde en Ahmed en Emma wisten niets beters te bedenken dan over het weer te praten en over hoe mooi alles groeide en bloeide.

De sfeer was niet bepaald ontspannen aan het begin van de eerste bestuursvergadering van Rust en Vreugd in de nieuwe samenstelling.

'Lekker bakkie thee, Fie,' probeerde Emma enige luchtigheid te brengen.

'Gewone Engelse thee, hoor,' antwoordde Fietje.

'Gewoon lekker, dus.'

Harm keek op zijn horloge: twee uur precies. 'Ik open de vergadering en geef het woord aan de secretaris.' Hij gaf een knikje in de richting van Bert. Die kuchte even.

'Dank je, Harm. Op de agenda staan...'

'Sorry, Bert,' onderbrak Ahmed hem, 'kunnen we de volgende keer de agenda een paar dagen voor de vergadering op papier krijgen? Dan kunnen we ons beter voorbereiden.'

'Dat deden we tot nu toe nooit. Toch?' Bert keek met een schuin oog naar Harm. Die schudde van nee.

'Dat is wel gebruikelijk bij goed bestuur. Je weet wel, Bert.'

Harm trok geërgerd zijn wenkbrauwen op maar zei niets.

'En doe dan ook meteen de notulen van de vorige vergadering erbij, graag.'

Harm kon zich niet langer inhouden. 'Wij hebben geen notulen nodig. We maken gewoon de besluiten bekend,' blafte hij.

'Volgens de regels van goed bestuur kan dat niet meer,' legde Ahmed geduldig uit.

'Wij hebben onze eigen regels hier, en die gaan we niet veranderen,' zei Harm.

'Bert?' Emma keek de secretaris vragend aan. 'Misschien even overleg? Jullie?'

Harm keek argwanend het kringetje rond.

Bert schoof zenuwachtig heen en weer, boog zich toen opzij naar de voorzitter en fluisterde iets in zijn oor.

'Wat moet ik?' riep die boos.

Bert fluisterde opnieuw iets in Harms oor.

Harm keek van Ahmed naar Emma en terug. Hij dacht even na en sloeg toen met vlakke hand op tafel. 'Ik schors de vergadering voor tien minuten.' Meteen schoof hij zijn stoel naar achteren, greep Zijlstra bij zijn arm en trok hem mee de bestuurskamer uit.

Al die tijd had Fietje met halfopen mond in haar koud geworden koffie zitten roeren.

'Wat gebeurt er allemaal, Emma?'

Emma legde even geruststellend een hand op haar arm. 'Er zijn officiële regels voor goed bestuur. Daar moeten alle besturen van verenigingen zich aan houden. Die staan in deze papieren.' Emma hield een mapje omhoog. 'We hebben ze gisteren aan Bert gegeven maar die had geen tijd meer om met Harm te overleggen, dus vandaar dat ze dat nu even doen.'

'Wat staat er dan in die regels?' piepte Fietje.

'Geen bijzondere dingen, hoor,' stelde Emma haar gerust, 'alleen hoe je netjes moet vergaderen en besturen. En dat je als bestuurder hoofdelijk aansprakelijk bent voor sommige dingen.'

'O...'

'Hier staat het in. Lees maar eens op je gemak door,' zei Ahmed en hij overhandigde haar een mapje.

Fietje was zichtbaar in de war en besloot als afleiding voor een nieuwe ronde koffie en thee te gaan zorgen. Ook zij verdween de bestuurskamer uit.

Emma en Ahmed keken elkaar aan.

'Dat ging niet slecht,' constateerde Ahmed.

'Maar ik zou nu niet graag in de schoenen van Bert willen staan,' zei Emma bezorgd.

Ahmed haalde verontschuldigend zijn schouders op. 'Sorry, een beetje nevenschade, niet zo veel aan te doen.'

Ze zwegen en wachtten. In de ruimte naast hen hoorden ze Harm van Velsen vloeken. Emma trok een grimas.

Na een paar minuten kwam Fietje terug met een nieuwe thermoskan koffie en een kan heet water voor thee. Ze schonk ongevraagd iedereen in.

Wat later kwamen de voorzitter en de secretaris weer binnen. Harm met een van woede vertrokken mond en Bert als een geslagen hond met zijn staart tussen zijn benen. Harm ging zitten en gebaarde zonder iets te zeggen naar Bert Zijlstra dat hij verder kon gaan.

'De voorzitter heeft mij gemachtigd de vergadering verder voor te zitten,' meldde Bert nauwelijks verstaanbaar. 'En in het vervolg zal ik zorgen voor een agenda en de notulen van de vorige vergadering. Voor deze vergadering zal dat niet meer lukken.'

Hij vermeed de blik van de andere bestuursleden rond de tafel. Ahmed en Emma probeerden vooral niet triomfantelijk te kijken.

Bert ging verder. 'Het eerste punt: het grofvuil. Wil iemand daar iets over zeggen? Niemand? Dan stemmen we nu over een voorstel om het grofvuil in de maanden maart tot en met oktober voortaan twee keer per maand in te zamelen. Wie is voor?'

Er gingen vijf handen de lucht in.

'Nou, kijk eens aan, wat een eensgezindheid,' merkte Emma tevreden op.

Bert verslikte zich in zijn koffie en hoestte de volgende minuut vol.

Emma haalde een glaasje water.

Harm bleef bewegingloos zitten.

Toen Bert weer kon praten kondigde hij het volgende punt aan: de onderhoudsbeurten.

'Wij stellen voor om mensen die meer dan tweemaal in

één seizoen hun onderhoudsbeurten niet vervullen de toegang tot de tuin te ontzeggen.'

'Wie is wij?' vroeg Ahmed.

'Harm, Fietje en ik,' antwoordde Bert.

Fietje keek verschrikt. Wilde zij iemand de toegang ontzeggen? Daar wist ze niks van.

Ahmed en Emma keken elkaar aan.

'Misschien is het beter om eerst een waarschuwing te geven?' opperde Emma.

Harm schudde met zijn hoofd in de richting van Bert.

'En,' ging Emma verder, 'ik heb nog een aanvullend voorstel: voor mensen van vijfenzeventig jaar en ouder zijn de onderhoudsbeurten voortaan op vrijwillige basis.'

Harm schudde weer van nee.

Bert wist niet meer hoe nu verder.

'Zullen we de voorstellen in stemming brengen?' stelde Ahmed voor. 'Wie is er voor eerst een waarschuwing en dan pas het ontzeggen van de toegang?'

Emma en Ahmed staken hun hand op.

'Wie is er voor toegang ontzeggen na drie keer afwezig?'

Harm en Bert staken hun hand op. Fietje bleef doodstil zitten.

'Fie, stemmen.' Het waren Harms eerste woorden sinds de schorsing.

Langzaam stak zijn vrouw haar hand op.

'Dat betekent dat het voorstel is aangenomen,' concludeerde Bert aarzelend.

Emma keek de kring rond.

'Om te voorkomen dat oude mensen, bijvoorbeeld meneer Van Beek, hun tuin moeten opzeggen omdat ze de onderhoudsbeurten niet meer kunnen doen, stel ik voor dat ze vanaf vijfenzeventig jaar niet meer verplicht zijn. Wie is voor?'

Ahmed en Emma staken hun hand op. Fietje vermeed angstvallig naar haar man te kijken en stak de benodigde derde hand op.

Emma slaakte hoorbaar een zucht van opluchting.

## 11

'Uiteindelijk viel het wel mee en hebben we toch het een en ander voor elkaar gekregen. En het was prettig dat Harm zelf zijn mond hield en Bert het woord liet doen. Ik zag Harm wel bijna ontploffen toen Fietje met ons meestemde om de onderhoudsbeurten niet langer verplicht te stellen voor tuinders ouder dan vijfenzeventig. Ik hoop dat ze niet al te zeer op haar kop krijgt.' Emma moest ervan zuchten.

Roos legde even een hand op Emma's arm. 'Harm is op de een of andere manier best gek op zijn vrouw, denk ik. Weet je nog hoe bezorgd hij was toen ze gewond raakte bij de vorige ledenvergadering? Dat was échte bezorgdheid.'

Emma knikte.

De twee vriendinnen zaten in de zon en evalueerden de bestuursvergadering. Ze hadden allebei een korte broek aan en een hip zonnehoedje op. Op het tafeltje voor hen stonden twee kopjes thee, koekjes en een familietube zonnebrand. Roos had ook nog een zonnebril opgezet. 'Tegen de schittering van onze spierwitte benen,' verklaarde ze.

'Eén ding, Em,' zei Roos met een zorgelijk gezicht, 'ik zou heel graag willen dat die griezel van een Boekworst opsodemietert. Kun jij dat niet regelen?'

Emma moest eerst grinniken om zijn nieuwe naam en schudde daarna haar hoofd. 'Dat gaat niet lukken, vrees ik, die is veel te dik met Harm. *Choose your battles*, in goed Nederlands. Dat laten we voorlopig even zitten.'

'Ik krijg enorme jeuk van die man. Gisteren stond-ie de afstand tussen de spijlen van het toegangshek te meten. Moest kleine Boris van hem proberen of hij tussen de spijlen door naar binnen kon. Zat dat arme knulletje nog even vast ook.'

'Was jij daarbij?'

'Jammer genoeg niet. Ik had Boekworst zelf als patat door het hek geduwd. Ik hoorde het van Irma. Die was op het gejammer van Boris afgekomen. Boekworst had ook mazzel dat Cherrie er niet bij was, want die was hem vast te lijf gegaan.'

Emma moest even glimlachen bij het beeld van Boris' moeder die de door Van Velsen hoogstpersoonlijk benoemde veiligheidscoördinator belaagt. 'Negeren, Roos, voorlopig negeren. En als er zich een gelegenheid voordoet om Boekhorst te wippen, dan slaan we keihard toe. Beloofd.'

Roos knikte mismoedig.

'O, en nog meer goed nieuws,' ging Emma verder, 'er is ook besloten tot de aanschaf van een "moderne" koffiemachine. Zelfs Fietje vond de koffie hier eigenlijk niet te drinken, wie had dat gedacht. Vier stemmen voor en een onthouding, want Harm kon het niet over zijn hart verkrijgen om in te stemmen met een voorstel van Ahmed. Zijlstra gaat er een uitkiezen.'

'Dit is de grootste omwenteling op Rust en Vreugd in tien jaar,' constateerde Roos tevreden.

'Al met al was die bestuursvergadering toch enigszins hoopgevend,' besloot Emma.

## 12

Emma maakte bijna elke dag dat ze op haar tuin was met Nelson een wandeling rond het tuinpark. Bij mooi weer een grote ronde en bij lelijk weer een klein ommetje. De lange wandelingen gingen deels over rustige weggetjes en deels over bospaadjes en door de weilanden. Aan de zuidkant van het park moest Nelson even aan de lijn, want daar rukte de stad op met een nieuwbouwwijk. Tussen de nieuwe huizen en Rust en Vreugd liep een tamelijk drukke weg en lag nog een flink terrein braak, waarvan Emma zich elke keer bezorgd afvroeg wat daar zou komen.

Vandaag was het prachtig weer en Emma liep tevreden het hek van Rust en Vreugd door, sloeg rechts af en honderdvijftig meter verder weer rechts af.

'Ho, ho, doe eens een beetje rustig, Nelson, je lijkt wel een Deense dog,' zei ze tegen haar hondje. Nelson liet er zich weinig aan gelegen liggen en speurde met zijn neus vlak boven de grond naar verrassingen. Hij werd altijd erg enthousiast van mollen, katten, eenden, vlinders, andere honden en drollen van andere honden. Van die laatste interesse was Emma niet gecharmeerd, maar als Nelson eenmaal los was stond ze tamelijk machteloos.

Ze kwamen bij een klein stukje bos, een plek waar honden vrij mochten lopen. Emma bukte en maakte de riem los.

'Oké, jochie, rennen maar!'

Nelson draafde minutenlang heen en weer, snuffelde, plaste, blafte naar vogels en groef kuilen. Hij hield het baasje vanuit zijn ooghoeken in de gaten en ging nooit ver weg. Toen spitste hij zijn oren, blafte en ging er als een haas vandoor. Emma keek hem na en zag aan het eind van het bospad een herdershond de hoek om komen rennen.

Ze zuchtte even zorgelijk. 'Als dat Rex niet is. Dan is Harm niet ver weg.'

Ze hoorde hem eerder dan dat ze hem zag.

'Hierrr, Rex, hierrr. Kom hierrr.'

Maar Rex en Nelson hadden het inmiddels te druk met om elkaar heen rennen om ook nog te luisteren naar baasjes.

Opnieuw klonk er 'Rex, hierrr', maar deze keer was het een hoog kinderstemmetje. Daar kwam Boris de hoek om gedraafd. Hij stopte even, blij verrast, en holde toen weer verder.

'Hé, tante Emma.' Emma kreeg een stevige knuffel.

Nu kwam ook Harm van Velsen driftig de hoek om gestapt.

'Rex, nú! Hier ko–'

Zijn stem stokte toen hij Emma met Boris zag. Hij was nog tientallen meters ver weg, maar Emma meende hem even te horen vloeken. De honden draafden intussen rondjes om Emma en Boris heen.

'Hallo, Harm,' zei Emma toen hij vlakbij was gekomen.

'Hallo.'

Harm probeerde nogmaals tevergeefs om zijn hond bij zich te krijgen.

Boris besloot zijn opa te helpen. 'Rexie, hierrrr,' riep hij, waarna hij teleurgesteld moest constateren: 'Hij doet het niet, opa.'

'Ik hoef het niet eens te proberen,' zei Emma lachend, 'als er een andere hond is luistert Nelson helemaal niet en zonder andere hond gewoon niet.'

'Zal ik helpen, tante Emma?'

'Probeer maar.'

‘Nelson… Nelsonnetje… kom, kom… kijk, koekie…’

Boris deed net alsof hij iets in zijn hand had. En zowaar, Nelson kwam kwispelend naar Boris toe, die hem triomfantelijk bij zijn halsband pakte. Rex kwam er enthousiast achteraan en werd door Harm in zijn nekvel gegrepen en aan de riem gedaan.

Boris juichte. ‘Goed zo, opa.’

‘En goed zo, Boris,’ vulde Emma aan. ‘Wat zijn jullie een goede hondenvangers samen.’

Harm bromde iets onverstaanbaars.

‘Wat heb je toch een hartstikke leuke hond, Harm,’ zei Emma vertederd.

Harm wist zich duidelijk geen houding te geven.

‘Jij ook,’ antwoordde hij kortaf.

Boris vond ze allebei even keileuk.

‘Weten jullie wat we wel kunnen doen, opa?’ vroeg Boris.

‘Nee, mannetje, wat dan?’

‘We kunnen wel altijd samen met tante Emma en Nelson gaan wandelen.’

Harm van Velsen keek nog norser dan hij al deed. ‘Nou… Boris…’

Emma schoot Harm te hulp. ‘Weet je, Boris, Nelson moet eerst nog een beetje beter leren luisteren, en Rex trouwens ook, en als ze met zijn tweeën zijn komt daar niks van terecht. Dan zijn ze alleen maar aan het rennen.’

Boris keek teleurgesteld. Harm leek opgelucht en gaf Emma zowaar een kort knikje.

'Misschien later eens, Boris,' zei hij tegen zijn kleinzoon. 'Hier, neem jij de riem maar.'

Emma gaf de jongen een aai over zijn hoofd. 'En jij moet opa heel goed helpen met Rex. Jullie zijn samen de besten. Nou, ik ga weer verder, dag Boris, dag Harm.'

'Doedoei,' riep Boris en tegelijk werd hij weggetrokken door Rex.

Harm keek Emma een ogenblik aan. 'Bedankt, Quaadvliegh.'

Hij keerde zich bruusk om en liep weg.

Ik geloof zowaar dat hij het meende, dacht Emma verbaasd.

Boris draaide zich nog een keer om, om te zwaaien. Tegelijk gaf Rex een ruk aan de riem en kukelde het jongetje half voorover in de modder. Maar de riem hield hij stevig vast.

Trots stond hij weer op. Zijn opa liep op hem toe en gaf hem een high five. Emma hoorde ze samen lachen.

## 13

'Al mijn helden zijn dood. En het valt niet mee om nieuwe helden te vinden als je zo oud bent als ik. Bijna al mijn vrienden zijn ook dood. Maar gelukkig zijn jullie er nog.' De oude meneer Van Beek zat op zijn praatstoel.

Misschien speelde het mee dat Roos en Emma hem net

een derde borreltje hadden ingeschonken uit de fles jenever.

Emma vroeg wie zijn helden waren geweest.

Meneer Van Beek staarde in de verte en mompelde toen somber: 'Zie je... nou ben ik ze nog vergeten ook.'

'Als u ons maar niet vergeet,' lachte Roos.

Van Beek wreef even met zijn gerimpelde hand door zijn witte haren en glimlachte naar zijn twee bezoeksters.

Achter hen klonk opeens een luid gevloek. Herman had het voor elkaar gekregen met de snoeischaar een scheur in zijn eigen wapperende overhemd te knippen.

'Goddomme, m'n lievelingsoverhemd.' Hij stond er intens beteuterd naar te kijken. Herman was ingehuurd door Emma en Roos om de verwilderde tuin van meneer Van Beek door de keuring van de tuincommissie te loodsen. Herman was bij uitstek geschikt voor zwaar en grof werk en had in anderhalf uur tijd voor een indrukwekkende berg snoeiafval en onkruid gezorgd.

'Misschien maar even pauze, Herman? Wil je een tompouce?' stelde Roos voor.

Daarmee was het overhemd onmiddellijk vergeten.

Even later zaten ze alle vier rond de tafel, elk op eigen wijze in stil gevecht met een tompouce. Meneer Van Beek en Emma hadden het roze dekseltje eraf gehaald en probeerden moeizaam met een lepeltje afgepaste hapjes af te hakken. Roos had de roze koek in één hand, de bodem met pudding in de andere hand en nam steeds van beide een flinke hap. Herman ten slotte plukte met zijn vingers grote klodders gele pudding uit zijn schoot die erin waren gevallen toen hij een enorme hap van het hele gebakje had genomen, waarbij de pudding er aan drie kanten met kracht tussenuit geperst was.

'Wim Sonneveld en Joop den Uyl,' zei Van Beek opeens. 'En Frank Sinatra.' Om hem heen verbaasde gezichten. 'Dat waren een paar van mijn helden,' legde Van Beek uit.

'Die zijn inderdaad al een tijdje dood,' merkte Roos op. 'Maar volgens mij kunt u zelf nog best een paar jaartjes mee. U bent nog zo kwiek.'

Van Beek knikte. 'Ik ben blij dat ik er niet af hoef. Ik bedoel, ik vind het wel echt zielig voor de mensen aan de andere kant, maar gelukkig zitten wij aan de goede kant.'

Emma en Roos keken hem niet-begrijpend aan. Herman had het te druk met zijn tompouce.

'De goede kant? Wat bedoelt u?' vroeg Emma.

Van Beek op zijn beurt leek verbaasd dat zijn toehoorders hem niet begrepen.

'Iets met een parkeerplaats, zei mijn zoon. Er moet een stuk van ons park af voor een parkeerplaats, geloof ik.'

'Een parkeerplaats?' zeiden Emma en Roos heel hard en precies gelijktijdig vol ongeloof.

Meneer Van Beek schrok ervan en het werd er niet beter op toen Emma en Roos door elkaar heen vragen op hem begonnen af te vuren. 'Wanneer, waar, van wie, waarom, hoezo?'

Van Beek kon alleen nog maar in verwarring zijn hoofd schudden en hief zijn magere witte armen ter overgave een stukje in de lucht. Dat hielp. Roos pakte voorzichtig een arm en legde die zacht en liefdevol terug op de armleuning van zijn tuinstoel. 'Sorry, we gaan een beetje snel. Neem eerst nog maar een slokje.'

Van Beek nipte van zijn jenevertje en zuchtte eens diep.

'Het is een beetje veel allemaal, hè? Mogen wij het telefoonnummer van uw zoon? Dan zullen we het hem eens vragen. Wat doet uw zoon eigenlijk?'

Van Beek was de verwarring nog niet helemaal voorbij. 'Hij doet de boodschappen en het vuilnis. En nog van alles.'

'Nee, ik bedoel wat voor werk doet hij?'

'Hij is iets bij de gemeente, iets hoogs, ik weet niet precies wat. Maar hij vindt het vast wel goed als jullie bellen.'

'Hoe heet uw zoon?'

'Mathijs.'

'En wat is zijn nummer?'

'Dat weet ik niet.'

'Weet u niet? Hoe belt u hem dan?'

'Dan druk ik op deze knopjes.'

De oude man pakte zijn telefoon met extra grote toetsen en wees aan waar hij op moest drukken om zijn zoon aan de telefoon te krijgen.

Roos wilde onmiddellijk bellen met de telefoon van Van Beek, maar Emma greep in.

'Misschien beter dat we dat later doen, Roos, er is nu

wel even genoeg opwinding geweest,' en ze knikte veelbetekenend richting haar oude buurman, die een beetje wit weggetrokken was. Roos legde zich er teleurgesteld bij neer, stuiterend van ongeduld.

Emma lachte naar haar vriendin. 'We zouden eigenlijk een tweede kopje thee moeten nemen, maar misschien is het gezien de omstandigheden beter om een kalmerend flesje wijn open te trekken, toch Roos?'

Dat was een plan dat Roos zeer aansprak.

Herman had intussen weinig meegekregen van alle opwinding omdat hij zijn ogen niet af kon houden van de laatst overgebleven tompouce.

## 14

'Spreek ik met Mathijs van Beek?'

Emma, Roos, Ahmed, Meyra en Erik zaten rond de kleine eettafel in het huisje van Roos. Midden op tafel stond de telefoon van Roos schuin tegen de koektrommel aan. Hij stond op speaker.

'Met Van Beek. Met wie spreek ik?'

'U spreekt met Erik Luinge. U kent mij niet, maar ik ben een goede kennis van uw vader. U staat op speaker en er zitten nog vier mensen, of zeg eigenlijk maar vrienden van uw vader, mee te luisteren. Wij zijn van Rust en Vreugd, waar uw vader een huisje heeft.'

'O, ja.'

Erik legde uit dat ze van zijn vader hadden gehoord dat een deel van het volkstuincomplex opgeofferd zou gaan worden aan een parkeerplaats en dat ze daarover buitengewoon ongerust waren. Of hij hun iets meer kon vertellen, aangezien zijn vader gezegd had dat ze zijn zoon daarover mochten bellen.

Het bleef even stil aan de andere kant van de lijn.

'Ben je er nog, Van Beek?' vroeg Roos ongeduldig.

'Ja, ik ben er nog. Ik denk even na.'

Er viel opnieuw een stilte. Toen zei Van Beek junior: 'Ik kan daar over de telefoon niet zomaar met een paar voor mij onbekende mensen over praten. De plannen zijn namelijk nog niet openbaar. Tegelijk snap ik uw ongerustheid en die van mijn vader. Hij heeft me trouwens uitgebreid verteld over een zekere Emma en ene Herman en... nog iemand van wie ik de naam vergeten ben.'

'Roos, dat ben ik!' riep Roos.

'Roos, ja, inderdaad. Mijn vader spreekt alleen maar lovende woorden over zijn vrienden op de tuin.'

Van Beek liet weer even een pauze vallen. De spanning rond de tafel was voelbaar.

'Ik stel het volgende voor,' hernam hij. 'Ik wil eventueel wel met u overleggen. Maar vijf mensen is wat veel, ik geef de voorkeur aan twee, hooguit drie.'

'U bent hier van harte welkom. Zullen we in een van onze huisjes afspreken?'

'Het lijkt me beter van niet. In verband met mijn functie kan ik me beter niet op Rust en Vreugd vertonen, dus laten we maar bij iemand thuis afspreken.'

Erik keek snel de tafel rond en wees naar zichzelf. De anderen knikten. Na een kort overleg met Van Beek junior kwamen ze overeen dat ze elkaar over twee dagen om acht uur 's avonds bij Erik thuis zouden ontmoeten.

'Vast enorm bedankt!' riep Roos ten afscheid.

Erik groette namens iedereen en verbrak de verbinding.

De Klavertjes Vijf keken elkaar een moment aan en begonnen toen door elkaar heen te kakelen.

## 15

Boris zat aan tafel bij Emma, zijn lievelings-neptante op het park, en wipte heen en weer op zijn stoel. Voor hen lag een grote zak paprikachips waar ze om beurten een hand in staken. Buiten regende het en het was koud voor de tijd van het jaar. Emma had twee grote bekers chocomel opgewarmd in een pannetje op het gasstel.

'Nou, Boris, vertel me nou maar eens precies hoe dat zat met dat hek.'

Boris sloeg beschermend zijn handen om zijn oren.

'Ik zat keivast met me oren. Het deed ook keipijn. Hij had gezegd dat ik een lolly zou krijgen en dat het maar heel even duurde.'

De kleine man werd er opnieuw helemaal opgewonden van.

'Maar waarom moest dat dan?' vroeg Emma.

'Hij zei dat hij moest kijken of ik door het hek heen paste en toen begon hij een beetje te duwen en toen ben ik door de spijlen gegaan. Met mijn been en mijn buik ging het nog, als ik hem goed inhoudde, maar je hoofd kan je niet inhouden en dat paste niet en toen zat ik met mijn oren vast. En toen heeft-ie me oren teruggevouwen en me er weer uitgetrokken en toen gaf hij me mijn lolly en zei dat ik er met niemand over mocht praten, maar toen kwam tante Irma eraan en die zei tegen die man: "Wat dee jij nou?"'

'En toen?'

'Toen kregen ze ruzie. En toen liep die man weg en toen heeft tante Irma toverzalf op mijn oor gesmeerd en toen deed het bijna geen pijn meer.'

Emma vond het heel knap van tante Irma en adviseerde Boris om voortaan uit de buurt van die man te blijven.

'Maar hij is de vriend van mijn opa,' sputterde Boris tegen.

'Dat is waar,' moest Emma bekennen.

'Dus ik weet niet of ik het tegen opa moet vertellen,' zei Boris, 'want dan wordt die misschien wel heel verdrietig op zijn vriend. Of boos. En opa is al vaak genoeg boos. Maar nooit tegen mij, hoor.'

Emma knikte begrijpend. 'Dat is een moeilijk probleem, Boris. Slaap daar nog maar een nachtje over.'

'Moet ik slapen? Nu?'

Emma moest lachen. Ze legde uit dat dat betekende dat hij er eerst maar eens rustig over na moest denken. Boris was opgelucht dat hij niet midden op de dag naar bed hoefde. Hij trok ernstige rimpels in zijn voorhoofd en meldde daarna dat hij er nu al over had nagedacht.

'Ik vertel het niet. Het is ook niet zo erg. Mijn oren zijn al over. Dus jij moet het ook niet verder vertellen.'

Emma beloofde plechtig haar mond te houden.

'Krikkrak, op slot,' fluisterde ze, en ze maakte met duim en wijsvinger een draaiende beweging voor haar mond en gooide het denkbeeldige sleuteltje weg.

'Krikkrak, op slot,' fluisterde Boris haar na en hij gooide ook zijn sleuteltje met een grote boog de bosjes in.

## 16

Twee minuten voor de afgesproken tijd belde Mathijs van Beek aan bij het huis van Erik. Hij was sprekend een jonge uitgave van de oude meneer Van Beek.

Iedereen stelde zich voor. Erik excuseerde zich voor het feit dat ze toch met zijn vijven waren.

'Iedereen wilde er heel graag bij zijn en kennis met je maken.'

Van Beek keek zuinig. 'Dat is niet volgens de afspraak, maar vooruit dan maar.'

Hij deed zijn beige regenjas uit, hing die aan een knaapje aan de kapstok en nam plaats aan de grote eettafel. Erik bood hem wat te drinken aan. Hij wilde wel een glaasje water. Erik dronk solidair een glaasje water mee en Roos en Emma moesten zich bedwingen om niet aan de wijn te gaan en namen een kopje thee. Ahmed en Meyra hoefden niets.

'Nou, daar bent u dan, we zijn blij dat u wilde komen,' begon Erik. 'Ik stel trouwens voor elkaar te tutoyeren, is dat goed?'

Van Beek aarzelde even en stemde daar toen mee in.

'Prima,' ging Erik verder. 'Om met de deur in huis te vallen: je vader vertelde ons, min of meer per ongeluk denk ik, dat er plannen zijn om een deel van ons tuincomplex op te offeren aan een parkeerplaats, en daar zijn we heel erg van geschrokken.'

'Een par-keer-plaats nog wel,' kon Roos niet nalaten er boos tussendoor te tetteren.

Van Beek keek bedachtzaam. 'Allereerst moet ik benadrukken dat alles wat ik vanavond zeg off the record is. Ik ben hier uitsluitend omdat u... omdat jullie heel belangrijk zijn voor mijn vader. Ik hoor hier eigenlijk niet te zijn.'

Er werd meegaand geknikt.

'Het ligt om te beginnen iets genuanceerder dan een parkeerplaats,' ging Van Beek junior verder. 'De Commissie Ruimtelijke Ordening van de gemeente heeft in een nog geheim advies aan de gemeenteraad voorgesteld om aan de noordkant van de stad, en dus aan de zuidkant van Rust en Vreugd, een nieuw sportpark aan te leggen met drie kunstgras hockeyvelden, zes tennisbanen en twee padelbanen. Dat sportpark is ter vervanging van het sportpark Overhaal, dat op zijn beurt moet wijken voor woningbouw.'

'Past dat dan allemaal, zo veel velden?' vroeg Ahmed.

Van Beek keek bedenkelijk. 'Eigenlijk niet. Bij de sportvelden moet namelijk ook parkeergelegenheid gecreëerd worden en voor die parkeerplaats zou een randje van uw volkstuincomplex af moeten.'

'En hoe groot is dat randje?' vroeg Emma.

'Dat is nog niet helemaal ingetekend, maar het zou om ongeveer honderdvijftig meter gaan. Aan de zuidkant van het complex.'

'Dat zijn wel... nou... een stuk of...' Ahmed rekende koortsachtig, 'vijftien huisjes, dat is bijna een kwart van het park.'

'En alleen maar om hockeytutjes voor de deur van de kantine af te kunnen zetten,' brieste Roos.

'Nou, ook dat ligt wel wat genuanceerder. Er zijn nou eenmaal gemeentelijke regels over hoeveel parkeerplaatsen er bij nieuwe nutsvoorzieningen horen te worden aangelegd.'

'Ja, lik me...' begon Roos furieus. Emma legde snel haar hand op Roos' mond.

'Let maar even niet op haar. Opgewonden standje, hè. Het zou dus gaan om een strook van honderdvijftig meter over de hele breedte van het park?'

‘Bij benadering,’ beaamde Mathijs.

‘En wanneer zou een en ander gaan gebeuren?’

‘Als de commissie een positief advies uitbrengt en de gemeenteraad stemt in met de plannen, dan zou de eerste spade over ongeveer achttien maanden de grond in kunnen gaan. Er is haast geboden om zo snel mogelijk de grond waarop het andere sportpark ligt bouwrijp te kunnen maken.’

‘Het lijkt mij een zeer slecht plan,’ zei Meyra bedachtzaam, ‘want feitelijk wordt er een heel mooi stukje natuur opgeofferd aan de auto.’

Van Beek gaf schoorvoetend toe dat ook hij wel wat bezwaren zag, maar dat zijn persoonlijke mening er niet toe deed.

‘Hoe weet u dit allemaal?’ vroeg Erik.

‘Ik ben als beleidsambtenaar verbonden aan de Commissie Ruimtelijke Ordening. En ik wil graag even benadrukken dat u... eh, jullie geen actie kunnen ondernemen vóór het voorstel ingediend wordt bij de gemeenteraad, want u kunt nog niet weten wat u nu weet. Anders loop ik het risico mijn baan te verliezen. U moet begrijpen dat dit, mijn aanwezigheid hier, eh... nogal tegen de officiële richtlijnen is en dat als mijn vader er niet bij betrokken was...’

‘Echt een ambtenaar,’ concludeerde Erik toen hij Mathijs van Beek tien minuten later had uitgelaten en weer aanschoof aan tafel. ‘Hij doet zijn natuur vast enorm geweld aan door nu voor klokkenluider te spelen.’

'Nou, daar heb ik mooi maling aan,' brieste Roos, 'de helft van ons park opofferen aan een parkeerplaats... over mijn lijk.'

'Wacht nou even met meteen je lijk in te zetten,' suste Emma, 'het is beter om eerst goed na te denken. Hoe gaan we dit aanpakken?'

Het bleef een tijdje stil rond de tafel.

'Een petitie? Of naar de krant stappen?' Emma keek vragend de kring rond.

Erik schudde zijn hoofd. 'Het probleem zou kunnen zijn dat de gemeente dan weet dat wij het weten. Dat we een informant hebben. En misschien gaan ze uitzoeken waar het lek zit. Een beetje slimmerd kijkt dan naar connecties tussen ambtenaren of commissieleden en leden van Rust en Vreugd. Het kan zijn dat ze dan bij Van Beek uitkomen.'

Ahmed vond dat ze dat risico maar moesten nemen.

Meyra stelde voor om de gemeente in algemene bewoordingen om informatie te vragen. 'Iets als: "We hebben vernomen dat de gemeente plannen heeft met het stuk grond naast Rust en Vreugd. Graag willen we weten of dit consequenties heeft voor het tuinpark." Dan moeten ze toch iets van zich laten horen. Of de waarheid, óf een leugen.'

Goed idee, vond iedereen, al merkte Erik op dat de gemeente misschien gewoon geen antwoord zou geven.

'Ja,' zei Roos, 'we krijgen vast een of ander kutbriefje dat ze onze brief in goede orde hebben ontvangen en verwachten er binnen twee jaar antwoord op te kunnen geven.'

'Dan hebben we in ieder geval bewijs dat we aan het lijntje gehouden zijn, dat is toch iets wat in ons voordeel werkt,' zei Emma.

Uiteindelijk werden er twee besluiten genomen:

1. Er zou een officieel verzoek uitgaan van het bestuur naar de gemeente om informatie over plannen voor het gebied naast Rust en Vreugd.
2. Om dat mogelijk te maken moest de rest van het bestuur worden ingelicht.

Erik en Emma zouden de volgende dag naar Bert Zijlstra gaan om hem op de hoogte te brengen en een extra bestuursvergadering te beleggen. Hij mocht op zijn beurt het slechte nieuws overbrengen aan de grote boze baas, Harm van Velsen.

Ze realiseerden zich dat de voorzitter onberekenbaar was en dat hij misschien meteen stampij zou maken, waardoor de voorzichtige benadering bij voorbaat mislukt zou zijn.

'We kunnen die mafkees er toch ook gewoon buiten laten?' had Roos voorgesteld, maar daar waren de anderen het niet mee eens.

'Dan doen we precies hetzelfde wat we Van Velsen steeds verwijten, namelijk bestuursleden buitensluiten en op eigen houtje beslissen,' merkte Meyra op en Roos moest, met grote tegenzin, toegeven dat ze daar gelijk in had. Het was duidelijk dat de contacten met de gemeente in eerste instantie beter via het bestuur konden lopen.

Naarmate het verhaal van Van Beek indaalde, nam ook

de strijdbaarheid toe. Ze zouden Rust en Vreugd met hand en tand verdedigen.

Toen Emma anderhalf uur later in haar tuinhuisje in bed kroop zei ze zacht tegen de foto van haar overleden man op het nachtkastje: 'Dit zou echt iets voor jou zijn geweest, Thomas. Je had je hele hebben en houwen in de strijd gegooid. En die waarschijnlijk gewonnen ook.'

Toen realiseerde ze zich dat ze al de hele dag niet aan hem had gedacht.

'Sorry trouwens dat je een poosje uit mijn gedachten was. Ik ben je niet vergeten, hoor, maar… nou ja, ik moest van jou niet blijven stilstaan en, eh… ik was je, zeg maar, even uit het oog verloren.'

Ze pakte de foto en drukte er een kus op. 'Welterusten, schat.'

## 17

Emma en Erik hadden tevergeefs bij het huisje van Bert Zijlstra aangeklopt en waren nu op weg naar de kantine omdat ze hoopten hem daar te treffen. Onderweg passeerden ze, naast de ingang van de kantine, het mededelingenbord. Emma's oog viel op een rood omkaderd hoekje van het bord, waarboven in vette letters stond: **HET VEILIGHEIDSHOEKJE.**

'Wat is dat nu weer?' zei ze verbaasd.

Ze stopten om het te bestuderen. Er hingen naast elkaar twee geplastificeerde A4'tjes op het bord. Op het eerste stond te lezen:

*Het is gebleken dat de spijlen van het toegangshek te ver uit elkaar staan. Een dun iemand kan zich ertussendoor wurmen. Daarom is het bestuur geadviseerd een nieuw hek aan te schaffen.*

*Uw veiligheidscoördinator*

Op het tweede A4'tje stond:

*Er is op ons park een rattenplaag aan de hand. Daarom is het streng verboden om etenswaren en etensresten buiten te zetten. De ratten knagen met gemak alle zakken open. Op plaatsen waar dat geen gevaar oplevert voor mensen zullen we maatregelen nemen in overleg met de ongediertebestrijding van de gemeente.*

*Uw veiligheidscoördinator*

Emma voelde een kleine woedeaanval opkomen.

'Wat is dat nou weer voor onzin: de spijlen staan niet goed? Die opgeblazen kikker van een Boekhorst heeft geprobeerd om kleine Boris door het hek te duwen en zelfs die kwam met zijn hoofd vast te zitten, dus hoezo te ver uit elkaar? En dan die ratten, ik heb hier nog nooit één rat gezien.'

'Nou, Emma,' suste Erik, 'er zijn wel degelijk ratten. Ik heb er een paar keer een gezien. Maar dat is normaal: overal zijn ratten. Ik heb wel eens gehoord dat er in Nederland meer dan dertig miljoen ratten zijn. Dat is bijna twee per persoon. Dus ja, er zijn ratten op Rust en Vreugd. Niks bijzonders.'

Maar Emma moest nog even haar ongenoegen spuien. 'Als die Boekhorst de kans krijgt maakt hij een klein politiestaatje van Rust en Vreugd. Met hekken en prikkeldraad en camera's en al. Een omgekeerde gevangenis.'

Opeens bedacht ze dat ze Boris plechtig beloofd had niemand over zijn ongelukje te vertellen. 'Dat van Boris is trouwens geheim. Dus niet verder vertellen.' Daarna haalde ze diep adem en sprak zichzelf toe: 'Even ontspannen, Quaadvliegh, er zijn nu belangrijker zaken.'

Ze troffen Bert Zijlstra aan de bar. Hij bestelde net een alcoholvrij biertje, op rekening van het bestuur.

Erik tikte hem van achteren op zijn schouder. Als door een wesp gestoken draaide Bert zich om.

'O... zijn jullie het.'

Hij keek een beetje angstig, zoals meestal als hij Emma of Roos in het oog kreeg.

'Kunnen we je even spreken, Bert?' vroeg Erik.

'Eh... moet dat nu?'

'Het is nogal belangrijk,' zei Erik.

'Nou, zeg het maar dan, als het zo belangrijk is.'

'Onder vier ogen, Bert,' sprak Emma dwingend, 'of eigenlijk onder zes ogen.'

Bert Zijlstra keek om zich heen alsof hij hulp zocht. Hij was niet graag alleen in het gezelschap van Emma en Erik. Als hij zich niet kon verschuilen achter Harm van Velsen bleef er een klein, bang mannetje over.

'Nou, vooruit dan maar. Laten we maar even in de bestuurskamer gaan zitten.'

Emma keek rond. 'Is Fietje er niet?'

'Die is boodschappen doen. Misschien kunnen we beter op haar wachten.' Bert meende een ontsnappingsroute te zien.

'Nee,' zei Erik resoluut, 'we vertellen het haar later wel.'

Erik en Emma namen plaats aan een kant van de bestuurstafel en Erik ging aan de andere kant zitten, op veilige afstand.

'Vertel, wat is er zo belangrijk?' zei hij met slecht gespeelde onverschilligheid.

Erik deed de verontrustende plannen van de gemeente uit de doeken en de consequenties ervan voor Rust en Vreugd. 'Een en ander betekent dat ongeveer een kwart van alle tuintjes moet verdwijnen. En het zou mij persoonlijk verbazen als het daarbij blijft,' besloot Erik zijn verhaal.

Bert keek met open mond naar Erik. 'Welke tuintjes moeten er weg dan?' piepte hij.

‘Jouw tuin als eerste,’ zei Emma ijzig.

‘Maar dat kan toch niet. Ik zit hier al zevenentwintig jaar. En ik ben secretaris.’

‘Bert Zijlstra,’ antwoordde Emma met ingehouden woede, ‘het is nog helemaal niet duidelijk welke tuintjes precies moeten verdwijnen, maar dat doet er ook niet toe. Het gaat om het belang van iedereen. Niet wie er toevallig op het verkeerde plekje een tuintje heeft of wie er secretaris van het bestuur is.’

‘Nee, nee, natuurlijk niet, we zijn er voor alle tuinders,’ haastte Bert zich te zeggen.

Erik keek de secretaris dwingend aan. ‘Wat jij moet doen, Bert, is het volgende.’

Vijf minuten later liep de secretaris op een sukkeldrafje de kantine uit, op weg naar de voorzitter om hem het slechte nieuws te brengen. Hij vreesde dat de woede van Harm eerst en vooral op de boodschapper gekoeld zou gaan worden.

Erik en Emma liepen de bestuurskamer uit en keken hem hoofdschuddend na.

‘Goedemiddag samen,’ klonk een bekende bekakte stem.

Erik en Emma keken verbaasd op. Aan de bar zat een oude bekende, nog altijd even groezelig met zijn eeuwige lichtbruine ribfluwelen broek en dito colbertjasje met vlekken.

‘Charles!’

‘*Oui, c’est moi.*’

‘Dat is lang geleden,’ zei Emma.

‘Ja, wat leuk dat ik er weer ben, hè?’

‘Zeker,’ beaamde Emma, ‘waar zat je al die tijd?’

‘Ik had enig licht maar langdurig lichamelijk ongemak. Iets met, eh...’ Charles trok een pijnlijk gezicht en wees heel even naar zijn kruis. ‘Vandaar dat ik er niet bij was bij het slotdiner van vorig jaar. En vandaar ook dat ik geen voortzetting kon geven aan mijn bemiddelingspogingen tussen jullie Klaverclubje en het bestuur.’

‘Nou, bemiddelen... laten we zeggen dat je niet bepaald in het midden stond,’ merkte Erik op.

‘Ik ga wat dat betreft mijn leven beteren. En fysiek ben ik weer als een feniks uit de as herrezen en teruggevlogen naar Rust en Vreugd. Daarbij heeft de dokter mij opgedragen veel te drinken. En dat heeft hij gelukkig niet gespecificeerd.’

‘Ik dacht dat jij van de Blauwe Knoop was,’ zei Emma.

‘Niet meer. Ik heb het licht gezien. Het leven is te kort om je de geneugten ervan geheel te ontzeggen. Natuurlijk moeten we wel waken voor de mateloosheid van... ik noem maar wat... een Sjoerd.’

Emma knikte quasi-bewonderend. ‘Nou, ik ben zeer benieuwd naar de nieuwe Charles.’

Charles knikte minzaam. ‘Mag ik de dame en de heer om te beginnen een kopje koffie aanbieden? Iets sterkers kan niet, want de bar is daarvoor nog gesloten. En wellicht kunnen jullie me en passant even bijpraten over Rust en Vreugd. Het gonst verdorie van de geruchten.'

## 18

'Gatverdamme!' Het kwam Emma uit de grond van haar hart. Boris schrok ervan.

Hij stond trots voor haar met in zijn handen een kartonnen doos. In die doos zaten een dood molletje, een halfvergane eend en een platgereden kikker. Emma had er even in gekeken en toen haar hoofd afgewend en een heel vies gezicht getrokken.

Boris keek haar angstig aan.

'Sorry, Boris, maar ik ben niet zo gek op dode dieren.'

'Maar ik heb ze niet zelf doodgemaakt, hoor. Ik heb ze gevonden. Achter de kantine en bij de sloot,' excuseerde het jongetje zich.

'Dat maakt me niet zo veel uit. Wat wil je ermee gaan doen?'

'Opzetten. Je kunt dieren opzetten. Dan lijken ze net echt.'

'Maar dan moeten ze niet al heel lang dood zijn, Boris, of helemaal plat. Alleen dat molletje kunnen ze misschien nog opzetten. Maar dat kan je niet zelf doen, hoor. Dat vindt mama zeker niet goed. En het is ook heel moeilijk. Het is denk ik beter dat we ze begraven.'

Boris keek erg teleurgesteld. Zijn mooie plan was in duigen gevallen. Maar hij moest toegeven dat de eend en de kikker er nogal verfrommeld uitzagen.

'Weet je wat,' stelde Emma voor, 'we gaan deze begraven en daarna gaan we op internet op zoek naar een mooi opgezet dier, een vogel bijvoorbeeld, en dan krijg jij die van mij. Als cadeautje.'

Boris dacht even na en knikte toen gelaten. Hij had nog wel een vraag: 'Kunnen we niet nu meteen naar een winkel om een opgezette vogel te kopen?'

'Ik weet hier in de buurt geen opgezette-dierenwinkel,' moest Emma bekennen.

Dat vond Boris jammer, maar daarna vroeg hij om een schep. Emma pakte een schep uit het schuurtje en samen zochten ze naar een geschikte plek voor het massagrafje. In een hoekje van de tuin, half onder een struik, groef Boris een kleine kuil. Daarna pakte hij zijn doos en kieperde de dode eend en het molletje in de kuil. De kikker moest hij een beetje van de bodem schrapen. Emma was intussen met een van walging vertrokken gezicht naar haar huisje gegaan om limonade in te schenken.

Boris gooide met tegenzin de kuil dicht. Hij begreep niets van grote mensen. Maar wat voor hem gelukkig veel belangrijker was op dit moment was de vraag wat voor opgezette vogel hij zou uitzoeken. Hij dacht dat hij waarschijnlijk wel geen adelaar zou mogen kiezen.

Even later zaten ze aan de limonade met een pennywafel.

Emma stond op het punt om haar laptop open te klappen om uit te zoeken hoe je aan een opgezette vogel kon komen toen er buiten werd geroepen.

'Boris, mannetje, ben je hier?' Het was Cherrie.

'Jahaaa,' riep Boris verveeld terug.

Zijn moeder stapte het huisje binnen en zag er boos en opgewonden uit.

'Ik denk dat jij ook wel een glaasje limonade lust,' zei Emma met een vilein lachje.

'Eerlijk gezegd heb ik liever een flinke bel sherry,' verzuchtte Cherrie.

'Kind, je ziet er niet uit,' zei Emma zacht maar niet zacht genoeg.

'Mama ziet er wél uit, hoor,' verbeterde Boris haar, 'ze ziet eruit als mama.'

Emma had geen sherry, maar witte wijn vond Cherrie ook goed. Emma schonk haar een flink glas vol, nam zelf een halfje en vroeg toen wat er loos was.

Cherrie wierp een veelbetekenende blik richting Boris. Emma knikte.

'Zeg, Boris, we gaan de volgende keer een mooie opgezette vogel uitzoeken. Maar nu is het belangrijker om Nelson uit te laten, want volgens mij moet die héél nodig. Wil jij een beetje een lange wandeling met hem maken?'

Dat wilde Boris maar al te graag en even later liep hij trots met het hondje aan de lijn richting de kantine. De twee vrouwen keken hem vertederd na.

'Nou, Cher, barst maar los.'

Meer aanmoediging had Cherrie niet nodig. Er volgde een minutenlange klaagzang over haar man Ger, die, kort samengevat, voor niets anders deugde dan bier drinken en zeiken over alles en iedereen.

'Je wil toch ook een man die ook wel eens wat aardigs zegt. Toch? Gewoon wat heb je een leuk truitje aan of wat een lekker luchtje heb je op of van mijn part dat het mooi weer is, maar nee hoor. Niks deugt bij meneer, alleen hijzelf. Terwijl het enige wat hij goed kan is bier drinken. Nou vooruit, hij kan ook lekkere pizza's maken in de pizzaoven. Maar dat moet iedereen dan weer de hele dag horen, dat-ie de pizzakoning is. Veel lekkerder als in Italië, volgens hem. En alle Italianen zijn natuurlijk sowieso maffia.'

Emma had zwijgend geluisterd en af en toe geknikt.

Ze legde een hand op die van Cherrie. Die nam met haar andere hand eerst een enorme slok witte wijn en wreef daarna even in haar ogen.

'Lukt het je niet hem in zijn sop gaar te laten koken? Dat negatieve gemopper te negeren?' vroeg Emma.

'Die man daar valt niet tegenop te negeren. Ik doe echt mijn best, maar daarnet ben ik toch weer ontploft en heb ik hem alle ziektes toegewenst die ik kon bedenken.'

'En, hielp dat?' vroeg Emma met een lachje.

Cherrie keek eerst verbaasd op en moest toen een beetje meelachen. 'Nee, hij is nog kerngezond. Dik, maar gezond.'

'Misschien moet je hem toch maar eens voorzichtig laten weten dat je bij hem weggaat als hij niet verandert.'

'Ja, maar ik wil niet weg. Tenminste... ik kán niet weg. Boris is zeven!'

Dat snapte Emma en ze kon het niet helpen, maar ze moest denken aan haar grote verdriet: het feit dat ze geen kinderen had.

Toen ging de deur open en stonden Boris en Nelson op de drempel.

'Ik wil toch liever een eekhoorntje,' zei Boris.

Zijn moeder keek hogelijk verbaasd. 'Ik dacht dat je een hond wou?'

'Ja, een levende hond, geen dooie. Maar in plaats van een opgezette vogel wil ik liever een opgezet eekhoorntje.'

Emma legde uit wat er eerder die middag was gebeurd, zonder al te veel in detail te treden over de dode dieren die haar zoon had verzameld.

'Gatsamme, Boris,' viel zijn moeder uit, 'hoe vaak heb ik je niet gezegd dat je dooie beesten moet laten liggen!'

'Ze liggen nu toch,' zei Boris verontwaardigd. 'In de grond. We hebben ze begraven.'

'Oké, dan is het goed, schatje.' Cherrie zuchtte nog eens diep, omhelsde Emma toen stevig en pakte haar zoon bij de hand. 'Kom, jochie van me, we gaan even op visite bij oma.'

Emma zwaaide moeder en zoon uit bij het hekje. Dertig meter verder draaide Boris zich om. 'We moeten nog een kruis timmeren, tante Emma!' schreeuwde hij over het park. 'Voor op het graf.'

Emma stak twee duimen omhoog.

Boris en Cherrie waren nauwelijks uit het zicht verdwenen of de volgende visite diende zich aan: Bert Zijlstra en Erik. Emma liet hen binnen, besloot de wijn in de koelkast te houden en serveerde thee met een koekje. Toen ze met zijn drieën rond de tafel zaten, keek ze Bert doordringend aan en vroeg zonder omwegen: 'Wat was de reactie van Harm?'

Bert keek eerst even weg, kuchte toen gemaakt en trok een beetje met zijn mond. Hij leek bepaald niet op zijn gemak.

'Ja, Emma, ik dacht, ik ga eerst naar Erik en die stelde voor dat ik het verhaal beter in één keer aan jullie beiden kon doen, vandaar...'

'Dat is verstandig. Dus... wat is het verhaal? Vertel op.'

Bert trok opnieuw met zijn mond.

'Ik ben, zoals beloofd, onmiddellijk na ons overleg naar Harm gegaan, dat begrijp je. Maar hij was met de hond aan het trainen, dus ik heb gewacht tot hij terug was. Vervolgens heb ik zo nauwkeurig mogelijk verslag gedaan van wat jullie me hebben verteld over de plannen van de gemeente inzake ons park. Je zult begrij–'

Emma viel hem ongeduldig in de rede. 'Wat was zijn reactie?'

'Hij was boos. Of eigenlijk woedend. Hij hield een enorme tirade tegen de gemeente. En hij…' Bert zocht naar woorden, 'hij… vond het ook, zeg maar, vervelend… dat nou juist jullie met dit belangrijke nieuws moesten komen en vroeg mij waarom ík dit niet eerder wist. "Jij bent toch de secretaris," zei hij. En er zaten ook behoorlijk wat scheldwoorden bij, die ik maar liever niet herhaal.' Bert zweeg en staarde naar zijn handen.

Erik en Emma keken elkaar aan.

'Was dat het?' vroeg Erik.

'Dat was het.'

'Maar hij moet toch ook wel iets hebben gezegd over wat ons nu te doen staat?'

'Nou… dat is te zeggen… eigenlijk niet.'

'Heeft hij het niet gehad over een extra bestuursvergadering?'

'Eh… nee. Niet dat ik me herinner.'

Er viel een stilte.

Toen zei Erik dat hij even apart met Emma wilde overleggen. Samen liepen ze de tuin in.

Door de openstaande deur zag Bert hen met elkaar praten. Zelf tikte hij zenuwachtig met één vinger op tafel en vroeg hij zich af of het gepast was als hij zijn jas uitdeed, want hij had het erg warm. Maar het liefst wilde hij hier eigenlijk zo snel mogelijk weg, terug naar zijn eigen tuin en vrouw.

Emma en Erik kwamen weer binnen. Ze bleven staan.

'Bert, wij hebben besloten dat jij als secretaris zo snel mogelijk een extra bestuursvergadering bij elkaar moet roepen. Op de agenda staat maar één punt: de plannen van de gemeente om een stuk van ons park in te pikken. En als Harm niet wil, dan vergaderen we wel zonder hem. Is dat duidelijk? En mocht je je afvragen of wij dat kunnen eisen, lees er dan de statuten maar op na.'

'Nee, nee, ik geloof jullie. En het lijkt mijzelf trouwens ook het beste. Maar misschien wil een van jullie het Harm vragen?'

'Er valt niets te vragen,' zei Erik droogjes, 'er komt een extra bestuursvergadering, en we zien wel of de voorzitter verschijnt of niet.'

Bert vertrok weer zenuwachtig zijn mond. 'Ik ga kijken of ik deze maand nog iedereen bij elkaar kan krijgen. Ik heb zelf nogal een drukke...'

'Ik dacht meer aan deze week, Bert,' onderbrak Erik hem.

'O, eh, dat is wel erg snel,' sputterde Bert.

'Maar het is ook érg belangrijk, Bert. Dat snap je toch wel?' zei Emma.

'Zeker, zeker,' antwoordde Bert en hij knikte ijverig.

Toen de secretaris even later was vertrokken, schonk Emma Erik en haarzelf opnieuw thee in. Bert had zijn thee koud laten worden en zijn koekje niet opgegeten.

Emma zuchtte. 'En met dat stel moeten we de gemeente verslaan: een hulk van een voorzitter en een wezel van een secretaris.'

'Mooi gezegd, Em.'

'Had Zijlstra eigenlijk altijd al een tic? Hij trekt met zijn mond. Het was mij niet eerder opgevallen. Jou?'

'Ik denk dat hij deze tic bewaart voor speciale gelegenheden, zoals deze.'

Emma moest lachen en verslikte zich in haar thee.

## 19

Roos zat met een dikke trui aan in haar tuin een boek te lezen.

'Goedemiddag buurvrouw, waarom zit je buiten? Het is hartstikke koud.' Emma opende het hekje en stapte de tuin van Roos binnen.

'De muren kwamen op me af, Em, dus toen ben ik buiten gaan zitten.'

Emma knikte en schoof een tuinstoel bij. 'Ik kom je even bijpraten.'

Ze vertelde over het gesprek met de secretaris en de weigerachtigheid van Harm van Velsen.

'Wat is die Van Velsen toch een boerenpummel, en dan druk ik me voor mijn doen heel voorzichtig uit,' foeterde Roos. 'Het is maar goed dat ik niet in dat bestuur zit. Ik had zijn kop eraf getrokken.'

'Als dat nodig mocht zijn, dan laat ik het je weten,' lachte Emma. 'Maar iets anders, schat, waarom komen de muren op je af?'

Roos rolde met haar ogen. 'Dat heeft met mijn zachte, meegaande karakter te maken.' Emma keek niet-begrijpend. 'Maar niet heus. Ik heb me weer laten verleiden om ruzie te maken met die jehova's en ze verrot te schelden. Ze vroegen er gewoon om.'

'Vertel. Ik ga er eens lekker voor zitten.'

Roos zuchtte diep. 'Ze werken zo enorm op mijn open zenuwen, die schijnheilige reli-wappies. Ik kan me soms gewoon niet beheersen.'

'Soms?'

'Oké, iets vaker dan soms. Maar luister.' Roos vertelde dat ze in haar tuin aan het werk was toen Bart en Marianne Goossens voor haar hekje kwamen staan. 'Ik zag die uitgestreken smoelen, die suffe kleren, allebei een soort aktetas en in hun hand dat blaadje van ze, de Vuurtoren of zoiets. Toen had ik meteen op een nette manier moeten zeggen dat ze moesten oprotten. Maar ik wilde niet onbeleefd zijn, dus ik stap naar ze toe en ik zeg: "Goedemorgen, kan ik jullie ergens mee van dienst zijn? Willen jullie mijn grasmaaier lenen of zo?" Ik doe ook nog het hekje open en ze doen een stapje mijn tuin in. "Nee," zeiden ze, "we komen het woord van God brengen." Dus ik wijs op de composthoop en ik zeg: "Leg het daar maar neer." Nou, toen kwamen ze meteen met hel en verdoemenis aanzetten voor het bespotten van de Here en trouwens ook hel en verdoemenis voor alles en iedereen die geen jehova is.'

'Nou, dat wordt gezellig druk in de hel,' merkte Emma op.

'Ja, maar dat was nog niet alles. Toevallig kwam toen kleine Storm langs, op zijn roze skelter, en die zwaait vrolijk naar ons. Ik zeg tegen ze: "En dat kleine schattige mannetje, gaat die ook naar de hel?" En ja hoor, dat kind was ook verdoemd als de laatste dag was aangebroken. Zo zeiden ze het letterlijk. En toen ben ik ontploft. Ik weet niet meer precies wat ik allemaal tegen ze heb gezegd, maar er zaten een paar scheldwoorden bij. En toen heb ik met mijn stomme kop die Marianne een duwtje gegeven en gezegd dat ze mijn tuin uit moest. Deed ze net of ik haar had geslagen. Ze ging een klacht indienen bij het bestuur en bij de tuchtcommissie. Ik zeg: "Je gaat je goddelijke gang maar." Dat was per ongeluk, dat goddelijke. Maar wel leuk, toch?'

Emma grijnsde. 'Ja, dat wel.'

'Het is toch ongelooflijk: je eigen kinderen niet laten inenten en geen verjaardagen laten vieren en als klap op de vuurpijl een ander volkomen onschuldig kind naar de hel sturen omdat het geen mini-jehova is. Wat voor gestoorde God is dat?' Roos blies van verontwaardiging.

Emma had geamuseerd naar de tirade van haar vriendin zitten luisteren.

'Dat duwtje was misschien niet zo slim, maar voor de rest: mijn complimenten.' Ze aaide haar vriendin even over haar bol.

'Dat was toch geen handoplegging, hè?' Roos lachte haar woede een beetje weg.

'Nee, beschouw het maar als een verzoek om wat te drinken te krijgen,' zei Emma guitig.

'Sorry, dat is slordig van me. Kan ik iets voor mevrouw inschenken?'

'Nou, graag. Maar wel binnen, want ik heb het ijskoud.'

## 20

Klavertje Vijf zat om de tafel in het huisje van Ahmed en Meyra. Op tafel stonden thee en Turkse koekjes. Eromheen zaten de vijf vrienden met bezorgde gezichten. Erik stak van wal.

'Ik ben zo vrij geweest om vanmorgen Mathijs van Beek te bellen om te vragen of er nog nieuws was. Dat was er niet. Hij reageerde nogal kribbig. Waarom ik hem zo snel alweer belde? Ik vroeg hem of hij het misschien prettiger vond om te mailen in plaats van te bellen, maar dat was helemaal verkeerd. Geen sprake van. Dan stond het ergens zwart-op-wit. Eén klein foutje en alles lag op straat. Kortom: hij is als de dood dat zijn rol bekend wordt. We hebben een hele bange klokkenluider getroffen. Zonder zijn vader zou hij er vast niet over gepeinsd hebben uit de school te klappen.'

Emma deed verslag van de gesprekken met de secretaris en ze waren het erover eens dat er nu twee opties waren: de voorzichtige benadering of er volle bak in kleunen.

De laatste stroming bestond uit Roos. Zij wilde zich graag morgen hoogstpersoonlijk op het bureau van de betrokken wethouder vastlijmen en pas vertrekken als er een keiharde toezegging kwam dat er geen meter Rust en Vreugd hoefde te wijken voor een parkeerplaats. In deze strategie stond Roos alleen.

Emma, Erik en Ahmed wilden vasthouden aan hun oorspronkelijke plan: het bestuur van Rust en Vreugd vraagt in een brief aan de gemeenteraad opheldering over 'geruchten dat er een sportpark met parkeerplaats naast het tuinpark komt'. Harde actie kon altijd nog.

Meyra was over de slagingskans van beide plannen niet optimistisch.

'We hebben te maken met machtige tegenstanders. Zij zijn heel ervaren en wij beginnelingen,' vond ze.

'Dat is waar,' moest Erik toegeven, 'maar wij zijn slim en vasthoudend. Toch?'

'Oké,' hakte Emma de knoop door, 'we beginnen rustig. Schrijven expres een vrij naïeve brief naar de gemeente, om de stemming te peilen. Maar als we met een kluitje in het riet gestuurd worden, vol gas eropaf. Met protesten, pers en alles. Voor mijn part iets bezetten. Ik heb er zin in.'

Roos slaakte een indianenkreet, met haar hand ritmisch tegen haar mond: 'Oe-oe-oe-oe-oeaaaa.'

# 21

Viktor en Aad, de twee nieuwe bewoners van huisje 42, hadden bij alle tuinders een kennismakingsbrief in de bus gedaan. Emma las hem voor aan Cherrie, die zichzelf op de koffie had uitgenodigd.

*Beste medetuinders,*

*Sinds een maand zijn wij, Aad Merkelbach en Viktor Hofmeulen, de trotse nieuwe bewoners van huisje 42 en we voelen ons nu al helemaal thuis bij Rust en Vreugd. We hopen in de loop van de komende weken met veel andere tuinders kennis te kunnen gaan maken.*

*Het zal niemand verbazen, maar wij houden erg van de natuur en van tuinieren en hebben grootse plannen met onze tuin. Maar ook hebben we ideeën voor de rest van het complex.*

*Zo zouden wij het leuk en nuttig vinden als er op het park enkele insectenhotels zouden verrijzen en verder stellen we voor om op het stukje gras naast de kantine een paddenpoel aan te leggen. Natuurlijk zullen we deze plannen eerst met het bestuur overleggen en daarna op een ledenvergadering bespreken.*

*Maar heb jij ideeën over een insectenhotel*

*of paddenpoel, meld je dan gerust vast bij ons (huisje 42).*

*Met vriendelijke groet,*
*Aad en Viktor*

'Ik weet nu al wat mijn schoonvader hiervan gaat zeggen: "Oprotten met je insectenhotel en je paddenpoel."'

Cherrie kon vrij aardig de stem van Harm nadoen en Emma schoot in de lach. Dat moedigde Cherrie aan nog even door te gaan.

'Ik heb een klerehekel aan muggen en wespen dus zolang ik hier voorzitter ben, gaan wij die hier dus echt niet extra naartoe lokken met hotels of wat dan ook. En op dag en nacht gekwaak van kikkers zitten we ook helemaal niet te wachten. Dus die poel graaf je maar thuis in je straat, maar niet hier.'

Emma dacht er iets genuanceerder over, maar vond het toch niet zo slim van Viktor en Aad om, bij wijze van kennismaking, over insectenhotels te beginnen. 'Dat zal ze niet meteen populair maken bij ouderwetse tuinders. De ecologisch geïnspireerde tuinbezitters daarentegen zullen ze wél in de armen sluiten. Kortom, zo'n hotel en zo'n poel konden de gemoederen wel eens nog verder verhitten, terwijl juist afkoeling geboden is.'

Cherrie haakte daarop in. 'Helemaal eens, Em, we moeten dingen doen waar iedereen blij van wordt. Ik had daarvoor een eigen, eh... ideetje.'

'Laat maar horen. En wil je daar iets te drinken bij? Ik heb geen sherry.'

'Een roseetje of zo is ook goed. Luister.'

Cherrie legde uit dat ze vond dat er te veel gedoe was op de tuin en te weinig leuke dingen. Ze stelde Emma voor om samen de verkiezing van de tofste tuinder van het jaar te organiseren. Dat zou ervoor zorgen dat de mensen beter hun best gingen doen om aardig voor elkaar te zijn.

'Het gaat dus speciaal niet om wie de mooiste tuin heeft of zo, of de grootste zonnebloem, maar wie door andere tuinders aardig wordt gevonden,' legde ze uit.

'En wat zijn de criteria?' vroeg Emma. Cherrie keek glazig. 'Waar moet je op letten?' verduidelijkte Emma.

'Nou, gewoon, wie aardig is. En vriendelijk. En andere mensen helpt.'

'En hoe gaat de verkiezing dan in zijn werk?'

Dat had Cherrie al helemaal uitgedacht. Ze zou Ger een grote stembus laten maken en die in september in de kantine zetten. Alle tuinders kregen drie stembiljetten waar ze drie verschillende namen op moesten invullen. En als iedereen had gestemd, werden de stemmen geteld en had degene met de meeste stemmen gewonnen.

'En je mag niet op je eigen man of vrouw stemmen.'

Emma vroeg hoe ze dacht te gaan controleren of mensen wel drie verschillende namen invulden en niet die van hun partner.

Daar had Cherrie nog niet over nagedacht. 'Daar kun jij vast wel wat op bedenken, jij bent zo slim.'

Emma aarzelde. Ze was niet laaiend enthousiast over het karretje waar ze nu weer voor gespannen dreigde te worden, maar ze had een zwak voor Cherrie. Misschien moest haar initiatief een kans krijgen. Ze zag echter op tegen al het werk dat het met zich meebracht.

'Vind je het soms geen leuk plan?' vroeg Cherrie met een angstig stemmetje toen het even stil bleef.

'Jawel, hoor. Heel leuk zelfs. Alleen is het wel veel werk.'

Cherrie beloofde plechtig dat zij bijna al het werk zou doen, als Emma maar in de gaten hield of alles goed ging.

Emma trok een nadenkend gezicht om de spanning op te voeren.

'Oké, we doen het.'

Cherrie gaf haar een knuffel. 'Zie je, ik wist het wel dat je het zou doen. Tenminste, ik hoopte het heel erg.'

'Nu dan maar dat roseetje? Op de verkiezing van de tofste tuinder. Wat kan die trouwens winnen?'

'O jee, geen idee eigenlijk. Tjonge, wat moet je van tevoren over veel nadenken, hè?'

'Wat dacht je van tienduizend euro?' stelde Emma met een uitgestreken gezicht voor.

Cherrie zette enorme ogen op.

'Grapje. Misschien een mooie beker? Of een grote taart? Die gaat de tofste tuinder dan natuurlijk meteen uitdelen.'

‘En een mooi bord voor bij je huisje,’ vulde Cherrie aan, ‘met: HIER WOONT DE TOFSTE TUINDER VAN HET JAAR.’

‘Hartstikke leuk, meid.’

Toen Emma een half uurtje en twee rosé later Cherrie voorzichtig de deur uit had gewerkt, plofte ze in haar luie stoel en keek even voor zich uit. Vanaf het nachtkastje keek Thomas haar aan.

‘Waarom komt iedereen toch altijd naar mij toe met dit soort dingen, Thomas?’

‘Omdat jij geen nee kan zeggen. En dat weten ze,’ gaf ze namens haar man het antwoord. ‘Ja, ja, kijk me toch niet zo aan,’ zei ze quasi-mopperend tegen de foto. Ze legde Thomas met zijn gezicht plat naar beneden.

‘Zo! Daar dan.’

Ze glimlachte en zette de foto weer overeind.

‘Ik weet het, het is mijn eigen schuld, schat.’

## 22

In het bestuur zaten lijnrecht tegenover elkaar twee partijen: Harm en zijn secondant Bert aan de ene kant en aan de andere kant Erik en Emma. Min of meer alleen en in verwarring, tussen de twee kampen in, bevond zich de penningmeester van het bestuur, Fietje van Velsen. Ze besefte misschien niet hoe belangrijk ze was. Om een meerderheid te krijgen voor welk plan of besluit van een van de partijen dan ook, moest Fietje vóór stemmen of zich onthouden van stemming.

Harm koeioneerde haar vaak, en meestal volgde ze braaf zijn dringende stemadviezen, maar de laatste tijd had ze toch een paar keer haar geweten gevolgd en anders gestemd dan haar echtgenoot.

Emma realiseerde zich terdege dat Fietje een belangrijke rol kon gaan spelen in het wel en wee van Rust en Vreugd. Ook belangrijk: de twee vrouwen waren op elkaar gesteld, meteen vanaf hun eerste ontmoeting in de kantine ruim een jaar geleden. Emma wilde haar om die reden niet al te zeer manipuleren, maar enig tegenwicht bieden aan de commando's van haar bullebak van een man moest toch wel kunnen, vond ze. En daarom had ze Fietje uitgenodigd om thee bij haar te komen drinken.

Fietje was verlegen en schuchter en verliet niet graag haar vertrouwde plek achter de bar van de kantine, maar Emma had haar gelokt met de mededeling dat ze een cadeautje voor haar had.

Vijf minuten voor de afgesproken tijd hoorde Emma haar roepen bij haar tuinhekje. Emma liep naar haar toe.

'Je hoeft niet voor het hekje te wachten, schat. Jij mag altijd binnen zonder kloppen. Fijn dat je er bent.'

Fietje stapte de tuin binnen en keek bewonderend rond. 'Voor iemand die zegt dat ze niet van tuinieren houdt, ziet het er hartstikke leuk uit.'

'Dat is vooral te danken aan Herman, die al het zware werk doet, en aan je kleinzoon Boris, die elke week het gras komt maaien.'

Fietje bekeek de bladeren van een hosta, die er nogal gehavend uitzagen. Ze speurde de grond af. 'Je hebt slakken, Emma.'

'Ja, zoiets vermoedde ik al.'

'Kijk, daar hebben we zo'n mormel.'

Ze plukte met haar blote handen een dikke, oranjebruine naaktslak onder de bladeren vandaan, keek even rond en gooide hem toen met een boogje in het vijvertje.

'Naar zwemles,' zei ze tevreden.

'Wat doe je nou?' zei Emma verbaasd.

'Ik gooi een slak in het water.'

'Ja, dat zie ik. Maar, eh... dat had ik niet achter je gezocht.'

'Heb ik van Harm geleerd.'

Emma moest even slikken maar herpakte zich.

'Hoe is het trouwens met Harm?'

'Wat zal ik zeggen? Hij moppert nog iets meer dan normaal. Op tuinen die niet netjes zijn, op buitenlandse mensen, op vrouwen die zich met mannendingen bemoeien en nu...'

'Zoals ik?'

'Zoals jij, ja. En nu is hij ook nog woedend op de gemeente, omdat die een stuk van ons park wil afpikken.'

Fietje vertelde dat ze net even thuis was geweest toen Bert

het slechte nieuws was komen brengen en dat haar man daarna minutenlang tierend en vloekend door het huisje had gelopen. Bert was helemaal wit weggetrokken.

'Heeft Bert het later ook nog gehad over een extra bestuursvergadering?'

'Ja, maar daar had Harm weinig zin in. Hij ging het zelf wel oplossen.'

'Zei hij dat?'

Fietje knikte.

Emma dacht even na.

'Lieve Fie, dat moeten we echt proberen te voorkomen. Ik weet hoeveel Harm om Rust en Vreugd geeft, maar als we hem alleen zijn gang laten gaan bij de gemeente, dan wordt het hele park opgeheven.'

Fietje zette grote ogen op.

'Bij wijze van spreken dan,' suste Emma snel. 'Je weet zelf dat Harm niet altijd even tactvol en beleefd is, dus...'

'Nou, dat is nog aardig gezegd van je,' vond Fietje, 'hij is soms zo lomp als een bulldozer.' Ze schrok zelf een beetje van deze constatering.

'Dus,' zei Emma, 'wat ik wil proberen is dat Bert een bestuursvergadering uitschrijft. Hij is tenslotte de secretaris. En dat we daar een plan bedenken om de gemeente op andere gedachten te brengen. We moeten echt proberen om als één bestuur op te treden.'

Fietje knikte, maar Emma zag de twijfel in haar ogen. Ze kende haar man langer dan vandaag.

Even later namen ze voor de deur afscheid met een voorzichtige omhelzing. Fietje draalde nog op het tuinpad.

'Eh, Em... misschien een beetje gek... maar je had toch een cadeautje?'

'O gut. Helemaal vergeten.'

Emma liep naar het schuurtje en kwam even later terug met een flink pak en gaf het aan Fietje. Heel voorzichtig pakte die het uit.

Als eerste kwam er een rood puntmutsje tevoorschijn, daarna een pikhouweeltje en tot slot de rest van een lachende kabouter.

'Gevonden bij de kringloopwinkel. Die kon ik echt niet laten staan,' zei Emma lachend.

Fietje glunderde. Ze vond het de op twee na leukste van al haar kabouters. Deze keer volgde een stevige en lange omhelzing.

## 23

Het was een warme, bijna windstille lentedag en er heerste een lome kalmte op Rust en Vreugd. Alles groeide en bloeide, ook zonder bemoeienis van tuinders. Tevreden knikkebolde Emma in haar luie stoel boven haar boek. Haar thee was lauw geworden en mieren en wespen deden zich tegoed aan haar koekje.

Een tuin verderop was Roos, na een korte vergeefse poging het onkruid de baas te worden, in haar hangmat in slaap gevallen.

Sjoerd liep enigszins onvast op zijn benen langs de tuin van Emma, stak zijn hand op en mompelde een groet die zij niet hoorde.

Het geluid van zijn voetstappen op het grind stierf weg.

Twee merels hielden een zangwedstrijd.

Toen werd de vredige rust doorbroken door Sjoerd, die op een drafje terug kwam hollen. Onder het lopen riep hij paniekerig: 'Meneer Van Beek, er is iets met meneer Van Beek!'

Emma schrok wakker en keek gedesoriënteerd om zich heen. Uit de tuin naast haar kwam Roos al toegesneld. Emma kwam overeind en liep naar Sjoerd.

'Rustig, Sjoerd, rustig, vertel wat er is,' zei ze dwingend.

'Hij ligt tussen de fuchsia's... Ik denk... ik durfde niet aan hem... Hij ligt heel gek. Als-ie maar niet...' Er stonden tranen in zijn ogen.

'Beweegt hij nog?' vroeg Roos.

'Nee, ik geloof het niet.'

'Kom, snel.'

Zo vlug als ze konden liepen ze naar de tuin van de oude meneer Van Beek. Sjoerd had duidelijk al een paar jenevertjes op. Hij kon Roos en Emma nauwelijks bijhouden en viel onderweg half in een heg. Roos keek om.

'Laat maar liggen, die komt er wel weer uit,' gebood ze toen Emma wilde omkeren om hem overeind te helpen.

Bij de tuin van Van Beek aangekomen zagen ze in een

oogopslag dat het ernstig was. De oude man lag in een vreemde houding met zijn gezicht in de aarde naast een omgevallen bak met fuchsia's.

Emma sloeg haar handen voor haar ogen. 'O, nee.'

Roos knielde neer bij Van Beek en probeerde hem om te draaien. 'Helpen, Emma.'

Emma herpakte zich, knielde neer aan zijn andere zijde en samen draaiden ze hem om. Zijn witte gezicht zat onder de modder, zijn mond hing scheef open, zijn fletse ogen staarden in het niets. Emma moest haar ogen dichtknijpen en draaide haar hoofd weg.

Roos voelde in Van Beeks hals en daarna aan zijn wang. Ze slikte.

'Al helemaal koud. Reanimeren heeft geen zin.'

Emma, nog steeds op haar knieën, zocht steun bij haar vriendin. Ze sloegen hun armen om elkaar heen.

Op een paar meter afstand stond Sjoerd bij de ingang van de tuin. Toen tot zijn benevelde brein doordrong dat zijn oude vriend dood was, moest hij overgeven.

Roos had 112 gebeld. Binnen een kwartier waren politie en ambulance met sirenes ter plaatse. Na twee minuten konden de sirenes uit. Het was duidelijk: er was geen haast meer. Twee ambulancebroeders hadden meneer Van Beek op een brancard gelegd en de ergste modder van zijn gezicht en kleren geveegd. Daarna dekten ze hem af met een laken en schoven hem de ziekenwagen in.

Emma en Roos stonden hand in hand te kijken. Sjoerd zocht steun bij de plantentafel. Een stuk of tien mensen waren op het lawaai van de sirenes afgekomen en keken vanaf een afstandje in stilte toe.

Een politieagent informeerde bij Emma en Roos naar de naam van de overledene en of ze misschien wisten van familieleden die geïnformeerd moesten worden. Roos belde Erik om hem het slechte nieuws te vertellen en om het telefoonnummer van Mathijs van Beek te vragen. Daarna gaf ze het door aan de agent.

'Dit is het nummer van zijn zoon.'

Een uur later had een vijftiental tuinders zich in de kantine verzameld. Fietje deelde koffie en thee uit. Er werd overal zacht gepraat.

De gesprekken vielen stil toen Harm van Velsen binnenkwam. Hij keek verbaasd rond en ging in een hoek aan een tafeltje zitten. Fietje bracht hem koffie en vertelde op fluistertoon wat er was gebeurd.

Sjoerd zat een paar tafeltjes van hem vandaan, stond op, aarzelde even en liep toen op onvaste benen op de voorzitter af.

'Van Beek is weg. Voor altijd. Heb je nou je zin, Van Velsen?'

Die keek hem aan en snoof minachtend. 'Ach, schei toch uit, die ouwe hoefde toch niet dood van mij.'

Sjoerd riep nog iets onverstaanbaars door de kantine,

waarna Roos hem wegtrok en met zachte hand naar buiten leidde.

## 24

Boris stond bij het tuinhekje te roepen. 'Ben je thuis, tante Emma?' Er kwam geen antwoord. Boris riep opnieuw. 'Ben je thuis, tante Emma?'

Weer bleef het stil.

Hij wilde net een derde keer roepen toen er vanuit de tuin ernaast werd geantwoord: 'Nee, ik ben hier.'

Emma zwaaide vanuit de tuin van Roos naar de kleine man en liep naar hem toe.

'Hoi, Boris, kom je op visite?'

'Ik kom werken. Ik denk dat het gras gemaaid moet worden.'

Emma keek bedenkelijk. 'Je hebt het gras drie dagen geleden nog gemaaid en het doet wel erg zijn best, maar zo hard kan het niet groeien.'

Boris was duidelijk teleurgesteld. 'Is er geen ander werk?'

'We kunnen wel limonade drinken?' stelde Emma voor.

Boris vond eigenlijk dat je eerst moest werken en dan pas limonade drinken en daar was Emma het wel mee eens. Ze dacht even na.

'Weet je wat, Boris? Ik heb nog een erg moeilijk klusje voor je.'

'Dat kan ik wel, hoor.'

'Hoe weet je dat je het kan als ik het nog niet heb gezegd?'

'Nou, gewoon, dat denk ik.'

Emma nam hem bij de hand en samen liepen ze naar het kleine vijvertje in Emma's tuin. Emma wees in het water. 'Zie je dat?'

Boris wist niet precies wat hij moest zien maar knikte voor de zekerheid toch van ja.

'Allemaal kikkervisjes,' legde Emma uit, 'en wat worden dat later?' Vragend keek ze Boris aan.

Die dacht even diep na. 'Kikkers!' riep hij toen triomfantelijk.

'Precies. En passen er zo veel kikkers in dit kleine vijvertje, denk je?'

Er verschenen denkrimpeltjes in het jongensgezichtje. Hij had geen idee. Maar hij kon ook niet raden wat tante Emma het liefst wilde horen. Na lang aarzelen gaf hij toe dat hij het niet wist.

'Ik denk,' legde Emma uit, 'dat als we ál die piepkleine visjes laten groeien tot grote dikke kikkers...'

Boris keek even niet-begrijpend naar het vijvertje, maar toen ging hem een licht op. 'Dan is er geen plaats meer voor water.'

'Precies! Dus ik zou graag willen dat jij met een bekertje de meeste van die kikkervisjes vangt en in een emmer doet, dan brengen we ze daarna samen naar de sloot.'

Dat vond Boris een heel goed plan.

Het volgende kwartier zat hij op zijn knieën naast het vijvertje en probeerde met een plastic beker zo veel mogelijk kikkervisjes te vangen en daarna in een emmer te gooien. In het begin lukte dat maar matig, maar gaandeweg kreeg hij er handigheid in. Toen hij dacht dat het er wel genoeg waren liet hij de vangst aan Emma zien.

'Is dit genoeg?'

Emma speurde in de vijver naar nog meer visjes.

'Ik zie er nog wel aardig wat. Misschien even limonadepauze en dan nog een rondje vangen?'

Boris knikte. Even later zaten ze aan tafel met een drankje en een koekje.

'Hoe is het thuis?' informeerde Emma.

'Gaat wel. Mama vindt dat ik met Storm moet spelen, omdat die alleen is. Maar ik ben toch ook alleen en ik vind het niet erg om niet met hem te spelen.'

'Waarom niet?'

'Omdat hij pas vijf is en ik zeven.'

'Maar juist omdat je zo groot bent, moet je een beetje voor hem zorgen.'

Boris gaf geen antwoord, maar Emma kon zien dat hij zeer betwijfelde of dat inderdaad moest.

'Je kunt het toch een keer proberen? Kom je samen met Storm bij mij op visite.'

'Hij kan écht nog geen gras maaien, hoor.'

'Nee, natuurlijk niet, maar wel limonade drinken.'

Daar kon Boris mee leven. Hij was opgelucht dat zijn werk bij Emma niet werd bedreigd.

‘Ik moet weer verder met vangen,’ meldde hij om van het onderwerp Storm af te zijn.

Een paar minuten later liet hij Emma weer de emmer zien.

‘Er zitten nu bijna geen kikkervisjes meer in de vijver. Alleen nog een paar ukkies die steeds uit het bekertje glippen.’

‘Oké, goed gedaan. Zullen we nu naar de sloot gaan?’

Ze wandelden samen richting het slootje dat om het tuincomplex heen liep. Boris droeg de emmer. Hij deed zijn best hem recht te houden maar toch klotste er af en toe wat water over de rand, samen met een enkel kikkervisje. Dan stopten ze en probeerden snel het ontsnapte visje aan zijn glibberige staartje tussen het grind uit te plukken, maar ze konden niet voorkomen dat daar helaas toch enkele dodelijke slachtoffers bij vielen.

‘Eigen schuld,’ vond Boris.

Toen ze langs het verlaten huisje van meneer Van Beek liepen stopten ze even.

‘Kende je meneer Van Beek?’ vroeg Emma.

‘Een klein beetje maar. Mijn vader zei dat het niet zo erg was dat hij dood was, omdat hij heel oud was, en toen kregen ze weer ruzie omdat mama dat wel erg vond.’

‘En wat vind jij?’

Boris zette de emmer even neer, want die was behoorlijk zwaar, en dacht een ogenblik na.

‘Het is wel erg als iemand doodgaat, maar niet zo heel erg als je heel oud bent.’

Daar was Emma het mee eens. Ze gingen weer op pad. Om de beurt droegen ze de emmer. Bij de sloot aangekomen vroeg Emma: 'Kun je eigenlijk al zwemmen, Boris?'

'Ik zit op zwemles. Ik kan het wel al als een hondje, maar dat mag niet op les.'

'Dus als je in deze sloot valt, dan zwem je gewoon als een hondje naar de kant? Handig hoor.'

Boris straalde.

Emma zette de emmer neer. 'Gooi jij ze maar in het water.'

Hij knielde neer en kiepte voorzichtig de emmer om. De meeste kikkervisjes vielen in het water en zwommen weg. Een paar kwamen er in het gras terecht en kregen een zetje.

Boris stond tevreden op en zwaaide. 'Dag kikkerbabytjes.'

## 25

Inge Zijlstra, de vrouw van de secretaris, had onverwacht bij Meyra en Ahmed voor de deur gestaan. Meyra had opengedaan en haar verbaasd gegroet. Inge had zenuwachtig gevraagd of Ahmed er was. Die was er. Of ze even binnen mocht komen.

Natuurlijk.

'Toen vroeg ze of ik om twee uur naar de kantine wilde komen en daar zogenaamd toevallig haar man wilde tegenkomen. Ik vroeg waarom hij niet gewoon even bij mij langskwam, maar dat kon niet. Bert zou het allemaal uitleggen, maar het had met Harm te maken en met een bestuursvergadering.' Ahmed zweeg even. Hij zat op het bankje voor Emma's tuinhuisje. Emma zat naast hem en had met stijgende verbazing geluisterd.

'Ik denk,' ging Ahmed verder, 'dat hij met me wil overleggen zonder argwaan te wekken bij Van Velsen. Als hij bij mij of bij jou langsgaat, is het risico groot dat Harm dat te weten komt. Iedereen ziet hier alles, zeker nu, op zaterdagmiddag.'

Emma knikte. 'Dan is het dus ook niet handig als ik met je meega. Dat valt extra op. Dan wordt het een bestuursdingetje. Kom je straks verslag doen?'

'Natuurlijk.'

'Wel verkleed als oude zwerver.'

'Huh?'

'Je moet incognito! Om geen argwaan te wekken.'

Ahmed moest lachen en vroeg wat het wachtwoord was als hij terugkwam.

Emma dacht even na. 'Rattenvanger,' zei ze toen. 'En als je op de deur klopt: zeven keer hard en drieëntwintig keer zacht. Dan weet ik dat jij het bent.' Ze grijnsde.

Ahmed trok een gek gezicht en ging de klop op de deur oefenen. Ze kregen de slappe lach.

Kort daarna vertrok Ahmed naar de kantine.

Een half uurtje later was hij terug om verslag te doen.

Bert had al zitten wachten aan een tafeltje in een hoek van de kantine. Hij deed of hij aan het werk was. Ahmed had bij Fietje een appelsap gehaald en was toen bij Bert aan tafel gaan zitten, zogenaamd om hem even iets te vragen.

De secretaris was niet erg goed in onopvallend doen. Hij keek veel te vaak om zich heen en praatte te zacht en te gehaast.

Het kwam erop neer dat Harm Bert toch had opgedragen een extra bestuursvergadering te beleggen. Bert zou daar namens Harm het woord doen en mededelen dat de voorzitter een voorstel had ingediend om hem, Van Velsen dus, in deze kwestie een volmacht te geven om naar eigen goeddunken te handelen.

'Dat is, denk ik, niet goed voor Rust en Vreugd,' had Bert gefluisterd. 'Dan gooit hij misschien wel alle ruiten in bij het gemeentehuis.'

Daarna meldde hij zachtjes dat hij zich, bij hoge uitzondering, wilde onthouden van stemming, maar dat als de stemmen staakten, met Harm en Fietje vóór en Ahmed en Emma tegen, de stem van de voorzitter de doorslag zou geven.

'Dus of wij een oplossing wilden bedenken, daar kwam het op neer. Of anders worden we buitenspel gezet,' besloot Ahmed zijn verslag.

'Waarom stemt die slappeling niet gewoon tegen, dan is er niks aan de hand,' mopperde Emma.

Ahmed haalde zijn schouders op. 'Geen idee. Hij is echt bang voor Harm. Misschien iets uit het verleden.'

Emma zuchtte. 'Ik zie even geen andere oplossing dan dat ik Fietje bewerk om zich ook van stemming te onthouden. Dan hebben we één voor, twee tegen en twee onthoudingen.'

'Het is de moeite van het proberen waard,' zei Ahmed. 'Het is wel duidelijk dat het Harm heel hoog zit, die plannen van de gemeente. En dat hij toch voor de vorm gedekt wil zijn door het bestuur. Je moet hem niet onderschatten. Hij is boerenslim.'

'Terwijl we meer dan ooit samen moeten optrekken, verdomme,' zei Emma fel.

Ahmed keek verbaasd. 'Ik heb jou nog nooit horen vloeken.'

'Sorry.'

'Nee hoor, het staat je wel,' zei Ahmed met een glimlach, 'maar niet te vaak, hè.' Hij hief een bestraffend wijsvingertje.

'Ik zal het vloeken en schelden aan Roos overlaten,' beloofde Emma. 'Zij is een natuurtalent.'

Toen Ahmed was vertrokken, ging Emma aan tafel zitten met haar hoofd in haar handen. Ze sloot even haar ogen. Toen ze weer opkeek richtte ze haar blik op de foto van haar man.

'Bedankt dat je me dit wespennest in hebt gekletst. Ik,

een actievoerder... Je zou trots zijn geweest. Je was altijd trots op me. En ik op jou. Maar ik heb nu niet veel meer aan je, schat,' zei ze met een wrang lachje, 'terwijl ik een beetje steun goed zou kunnen gebruiken.'

## 26

Door de week waren er meestal niet veel mensen op het park. Een kleine harde kern was er bijna de hele periode van april tot oktober: Harm en Fietje, Bert en Inge, Sjoerd, meneer Gorter de kluizenaar, veiligheidsman Boekhorst en tot voor kort meneer Van Beek. Zij gingen slechts af en toe een dagje naar hun gewone huis.

Emma en Roos waren regelmatig op de tuin, evenals Erik.

De overige tuinders waren voornamelijk in het weekend op Rust en Vreugd te vinden. Boris en zijn ouders kwamen elke vrijdagmiddag en vertrokken zondagavond. Soms waren ze er ook woensdagmiddag. Hetzelfde gold voor Sef, Frija en Storm. Andere weekendtuinders waren Steef Bijl, zijn broer Henk en diens vrouw Irma, Ahmed en Meyra en de nieuwelingen Viktor en Aad.

Sommige huisjeseigenaren waren er haast nooit, een doorn in het oog van vader en zoon Van Velsen. 'Dooie leden' noemden zij die minachtend. Hun tuinen werden extra scherp in de gaten gehouden door Ger van Velsen in zijn functie van voorzitter van de tuincontrolecommissie.

Op deze zonnige zaterdag in juni was het gezellig druk.

Emma probeerde te lezen in haar luie stoel voor haar huisje maar werd keer op keer gegroet en indirect uitgenodigd voor een praatje. Na eerst Sjoerd en daarna Erik stonden nu Sef, Frija en Storm voor haar tuinhekje.

'Hoi Emma, mogen we je een ogenblikje storen?' vroeg Sef.

Het vragen is het doen, dacht Emma, maar ze gaf geen krimp en liep glimlachend naar hen toe.

'Vertel.'

'We lazen in de krant een artikel over Volkstuinpark Tuinwijck in Amsterdam-Noord. Daar hebben ze een leegstaand huisje netjes opgeknapt en ingericht speciaal voor arme mensen. Als een soort vakantiehuisje. Bijvoorbeeld: een gezinnetje dat geen vakantie kan betalen mag dan gratis, of bijna gratis, een weekje in dat huisje. Nu dachten wij dat dit misschien ook een idee is voor Rust en Vreugd, en daarom hebben we een petitie opgesteld om het huisje van wijlen meneer Van Beek beschikbaar te stellen aan zulke mensen. Mensen die er graag eens uit willen, maar voor wie dat te duur is.'

Emma knikte. 'Wat een goed idee.'

'Dus je wil onze petitie wel tekenen?'

'Met alle plezier. Alleen één dingetje: ik denk wel dat het een hele toer wordt om Harm van Velsen te overtuigen.

Ik ben bang dat die dit plan onder de noemer "moderne fratsen" zal verwerpen.'

Daar hadden Sef en Frija niet aan gedacht.

'Wat zijn fratsen?' vroeg Storm.

'Dat zijn, eh... ja, wat zijn fratsen?' Sef leek even van zijn stuk gebracht.

'Gekkigheid?' stelde Emma voor.

'Jullie doen toch nooit gekkigheid?' informeerde Storm bij zijn ouders.

'Ja, nee, ik bedoel...' hakkelde Frija, 'nee toch, Sef?'

'Nou, kom maar op met die petitie,' redde Emma de situatie, 'ik teken graag voor de arme medemens.'

## 27

Bert Zijlstra had, zoals toegezegd, een extra bestuursvergadering uitgeschreven. Hij had de uitnodigingen zelf rondgebracht en er netjes een agenda en de notulen van de vorige vergadering bijgevoegd.

De agenda was overzichtelijk:

1. Agenda
2. Notulen vorige vergadering
3. Plannen gemeente inkrimping Rust en Vreugd
4. Wat verder ter tafel komt
5. Sluiting

Toen Ahmed en Emma de bestuurskamer binnenkwamen zat Harm al met zijn armen over elkaar achter het bordje VOORZITTER, deed Bert alsof hij nog even de stukken bestudeerde en bemoeide Fietje zich met koffie, thee en koek. De gebruikelijke rolverdeling dus.

Ahmed en Emma namen plaats en kregen koffie.

'Is dit de koffie van het nieuwe koffieapparaat?' vroeg Emma.

Fietje knikte en wachtte gespannen het oordeel af.

'Wat een verbetering!' riep Ahmed enthousiast en Emma was het roerend met hem eens: een heerlijk kopje koffie.

Fietje glom.

Harm wachtte tot het precies twee uur was, de geplande aanvangstijd, sloeg toen met zijn hand op tafel en gaf het woord aan de secretaris.

Bert schraapte zoals zo vaak eerst nodeloos zijn keel.

'Welkom allemaal op deze extra bestuursvergadering. Zoals iedereen weet zijn het moeilijke tijden en we zijn blij dat iedereen beschikbaar was voor deze extra...'

Harm maakte met een armgebaar duidelijk dat hij het kort moest houden.

'Rust en Vreugd bevindt zich in zwaar weer...' zei Bert toen aarzelend, om plompverloren verder te gaan met: 'De agenda. Zijn er nog mensen die iets toe willen voegen aan de agenda?'

Hij keek de kring rond. Geen reactie. Ook de notulen werden zonder op- of aanmerkingen goedgekeurd.

Bert schraapte opnieuw zijn keel. 'Dan het belangrijkste punt van deze bijeenkomst: de plannen van de gemeente om een flink stuk van ons park te annexeren. Met betrekking tot dit onderwerp en met het oog op de urgentie ervan, heeft de voorzitter mij gevraagd het bestuur voor te stellen hem een volmacht te verlenen om bij de gemeente protest aan te tekenen tegen de plannen en alles te doen wat nodig is om te voorkomen dat Rust en Vreugd deels plaats moet maken voor een sportpark en parkeerplaatsen. Wie is daarvoor?' Bert had deze woorden opgedreund alsof hij ze uit zijn hoofd had geleerd, wat vermoedelijk ook zo was.

Er viel een korte stilte. 'Sorry, Bert, je ging een beetje snel. Kun je dat nog een keer zeggen?' vroeg Emma.

Bert herhaalde letterlijk zijn woorden.

'Dat lijkt mij eerlijk gezegd niet zo'n goed idee,' begon Ahmed, 'is het niet veel beter om gezamenlijk...'

'Alvorens inhoudelijk op de zaken in te gaan, zou ik graag het voorstel in stemming willen brengen: wie is er voor een volmacht voor de voorzitter?'

Even keken Emma en Ahmed elkaar veelbetekenend aan. Ook al wisten ze dat dit ging komen, ze moesten toch op zijn minst enige verrassing tonen en voor de vorm nog protesteren.

'Ho, ho, dit is wel een hele vreemde gang van zaken, Bert. Je sluit zo alle overige bestuursleden uit. Terwijl iedereen weet: samen sta je sterker.' Ahmed en Emma deden nog even hun best het voorstel van tafel te krijgen en eerst de plannen van de gemeente te bespreken, maar er kwam geen enkele respons. Harm sprak geen woord, Bert bladerde nerveus door zijn papieren en Fietje keek angstig van de een naar de ander.

'Oké, als het niet anders kan,' zei Ahmed boos, 'breng het voorstel dan maar in stemming.' Daarbij keek Ahmed Bert heel doordringend aan. Emma zocht de blik van Fietje.

'Goed. Wie stemt vóór de volmacht voor de voorzitter?' zei Bert plechtig.

Harm stak als enige zijn hand op en keek toen naar zijn vrouw. Die keek weg. Daarna richtte hij zijn blik op Bert. Die keek op zijn beurt naar Fietje en bewoog niet.

'Fie,' zei Harm hard. Ze reageerde niet. 'Fie, wat stem je?' Hij klonk nu nog dwingender.

Fietje kromp een beetje ineen, keek Emma even verontschuldigend aan en stak toen langzaam haar hand op.

Berts gezicht klaarde op. Nu kon hij zonder enig bezwaar ook vóór stemmen, want voor het resultaat van de stemming maakte het niets meer uit. Hij stak, alsof het vol overtuiging was, zijn hand op. 'Ik ben vóór.'

Emma zakte achterover in haar stoel. Ahmed vloekte zachtjes in het Turks.

Tien minuten later stonden Emma en Ahmed gedesillusioneerd buiten voor de kantine.

'Ik heb mijn best gedaan,' verzuchtte Emma. 'Ik heb zo lief mogelijk op Fietje ingepraat en ze zou zich van stemming onthouden. Dat leek haar het beste voor iedereen, ook voor haar man, maar toen het erop aankwam was de druk te groot. Ik kan het haar nauwelijks kwalijk nemen.'

'En die zak hooi van een Bert dacht meteen: dan maakt het niks meer uit en kan ik net zo goed vóór stemmen als me van stemming onthouden,' gromde Ahmed. 'Het kwam niet eens in hem op om tegen te stemmen. Nou, ik ben benieuwd hoe Van Velsen de zaak gaat verknallen bij de gemeente.'

Emma luisterde maar half. Ze staarde voor zich uit en knikte afwezig.

'We moeten zo snel mogelijk een extra algemene ledenvergadering beleggen. Dat biedt nog mogelijkheden.'

Ahmed zag achter Emma Harm van Velsen aan komen lopen en legde even zijn vinger op zijn lippen. De voorzitter passeerde hen zonder te groeten maar draaide zich twee meter verder om.

'O ja, wat ik nog ben vergeten te zeggen: er is een klacht ingediend tegen die vriendin van jullie, die Roos.'

En voor ze konden antwoorden liep hij verder.

## 28

De stemming bij de haastig bijeengeroepen Klavertjes Vijf was bedrukt. Ahmed had verslag gedaan van de gang van zaken op de bestuursvergadering en daar werd niemand vrolijk van.

Roos verwoordde het helder: ‘Op deze manier kunnen ze dus voor van alles die klotevoorzitter een volmacht geven. Doen jullie gewoon voor spek en bonen mee. Wat een kutstreek.’

‘Behalve wat betreft de woordkeuze ben ik het roerend met je eens,’ moest Erik bekennen.

Emma had nog wel enige hoop dat ze in de toekomst een enkele keer wel Bert én Fietje zover zouden kunnen krijgen zich te onthouden van stemming. ‘Maar erg veel vertrouwen heb ik er niet in. Ik denk dat we met besluiten van de leden op een extra algemene ledenvergadering meer kunnen bereiken, dus stel ik voor dat we die op zo kort mogelijke termijn bijeen laten roepen. Bert is verplicht die uit te schrijven als ten minste twee bestuursleden dat willen.’

‘Dus dan gaan wij openheid van zaken geven over de plannen van de gemeente voor zover wij die kennen?’ vroeg Meyra.

Iedereen was het ermee eens: vanaf nu openheid van zaken en de publiciteit zoeken. Alle tuinders moesten zo snel mogelijk een brief krijgen van Klavertje Vijf – of beter, formeel van Ahmed en Emma in hun functie als bestuurslid – over wat Rust en Vreugd boven het hoofd hing.

‘En als dat niet helpt zit ik nog te puzzelen op een plan B,’ zei Roos.

Iedereen keek haar nieuwsgierig aan. ‘Plan B? Wat is dat dan?’ vroeg Erik.

Roos trok een grimas, ze had duidelijk spijt van wat ze

eruit had geflapt. 'Nee, nee, dat zeg ik nog niet. Ik moet eerst nog wat dingetjes uitzoeken en regelen.'

'Lekker, Roos,' zei Emma, 'ons eerst nieuwsgierig maken en daarna je snuit houden.'

'Sorry, maar ik moet echt even wat, eh... veldwerk doen om jullie niet blij te maken met een dooie mus. Ik wil voorkomen dat er fake news rondgaat, want dan kan de gemeente daar haar voordeel mee doen. Dus eerst aan de slag met plan A en als dat mislukt, zijn jullie natuurlijk de eersten die plan B te horen krijgen. Zeg, is het zo langzamerhand niet eens tijd voor een wijntje?'

Er werd nog een beetje gemopperd maar tegelijkertijd werden de theekopjes opgeruimd en kwamen de wijnglazen op tafel. Het hebben van een strijdplan A bracht toch enige tevredenheid in de gelederen van Klavertje Vijf.

Toen Emma en Roos een uurtje later bij hun eigen tuinen afscheid namen, schoot Emma iets te binnen.

'Roos, lieve schat, kun je nog wat meer slecht nieuws aan?'

'Ik kan alles aan,' blufte Roos.

'Harm heeft geen woord gesproken op de laatste bestuursvergadering, tot hij wegliep. Toen bromde hij dreigend dat er een klacht tegen je is ingediend.'

'Nee hè! Door die klotejehova's? Wat een schijnheilig stel is dat toch. Ik denk dat ik zo hun huisje in de fik ga steken.'

Emma wenste haar succes.

# 29

Er waren meer mensen die hadden bedacht een fuchsia mee te nemen. Toen Emma om zich heen keek zag ze er nog een stuk of zeven.

Niet zo vreemd, als de koning van de fuchsia's wordt begraven.

Het was niet al te druk in de aula van het uitvaartcentrum. Emma schatte dat er ongeveer veertig mensen waren. Als je heel oud wordt, maak je zelf wel veel begrafenissen mee, maar is het op je eigen begrafenis doorgaans rustig. De meeste van je vrienden en bekenden zijn je immers voorgegaan.

De tuinders van Rust en Vreugd waren goed vertegenwoordigd: Emma telde er tien, onder wie Roos, Erik, Ahmed, Meyra en natuurlijk Sjoerd, Van Beeks grote vriend op de tuin. Emma was die ochtend nog even bij hem langsgegaan om zich ervan te vergewissen dat hij niet al aan de jenever zat. Dat was niet het geval geweest en hij had plechtig beloofd dat hij vóór de begrafenis niet zou drinken.

De bezoekers stonden in het zonnetje te wachten bij de entree van de aula tot ze naar binnen mochten. Om hen heen bloeiende hortensia's en rozenstruiken. Vogels floten uitbundig.

'Het is een mooie dag om begraven te worden,' merkte Roos op.

Emma knikte. 'Begrafenissen in de regen zijn veel erger.'

'Goedemiddag allen.' Charles' hoofd, met slechts een

paar laatste slierten vettig haar, ging bijna geheel verborgen achter een enorme fuchsia.

Emma groette terug. Roos keek hem een beetje minachtend aan.

'Zo Karel, er valt hier niets meer te bemiddelen voor Van Beek, dat weet je?' sneerde Roos, refererend aan de halfslachtige houding van Charles in het conflict tussen Van Velsen en Van Beek.

Charles negeerde de steek onder water. 'Ik kom graag een tuinmakker de laatste eer bewijzen. Het klinkt wellicht cru, maar ik zou tekenen voor zo'n einde: zonder lijden met je hoofd tussen de fuchsia's belanden.'

'Het is goed dat je er bent,' kwam Emma tussenbeide.

Er kwam een stemmig geklede mevrouw van het uitvaartcentrum zeggen dat ze naar binnen mochten en iedereen schuifelde het zaaltje in. Achterin bleven de mensen even aarzelend staan om te bepalen waar ze zouden gaan zitten. Niet helemaal achteraan, maar ook zeker niet op de eerste rij. Daar zaten uiteindelijk, naast elkaar, zijn zoon Mathijs en een stokoude man die op de overledene leek. Om hen heen lege stoelen.

'Wat ziet dat er toch altijd treurig uit, zo'n aula,' fluisterde Roos, 'en kijk die twee vooraan nou... We zouden er juist allemaal omheen moeten gaan zitten.'

Ze aarzelde even, stapte toen op de mevrouw die de uitvaart begeleidde af en zei iets tegen haar. Die knikte en pakte de microfoon.

'Mag ik misschien iedereen verzoeken om wat meer vooraan te komen zitten?' vroeg ze.

Aarzelend werd aan het verzoek gehoor gegeven.

Emma pakte even de hand van haar vriendin. 'Goed gedaan, Roos.'

Er kwamen geen mensen meer binnen en de stilte werd ongemakkelijk. De uitvaartbegeleidster keek voor de derde keer op haar horloge en liep toen op haar tenen naar de microfoon, alsof elk geluid onwaardig was.

'Ik heet iedereen, namens de familie,' hierbij knikte ze bijna onmerkbaar even naar de twee mannen op de eerste rij, met nog steeds veel lege stoelen naast hen, 'hartelijk welkom. Wij zijn hier om afscheid te nemen van...' ze moest heel even op haar briefje kijken, '... Hubertus Johannes van Beek.' Na een kort welkomstwoord vol clichés gaf ze het woord aan de oude man op de eerste rij. Ze kondigde hem aan als meneer Harry van Beek, broer van de overledene.

Harry kuchte in de microfoon, die vrij hard stond, waardoor hij even achteruitdeinsde. Omdat hij nu te ver van de microfoon bleef, begon hij daarna bijna onhoorbaar zacht te spreken. De uitvaartbegeleidster schoof snel en geruisloos naar hem toe en hielp hem met het afstellen van de microfoon.

'Mijn broer Hubert was thuis altijd al degene die voor de plantjes zorgde. Soms dacht ik wel eens dat hij meer van planten hield dan van mensen. Maar dat was niet zo. Hij was ook echt heel aardig tegen mensen. Hij was ook degene die na de dood van pa heel goed voor moe gezorgd heeft. Hij ging elke dag naar haar toe. Hubert was met weinig tevreden. Ik heb wel eens iemand horen zeggen dat je je mooie woorden niet moet bewaren voor bij de begrafenis. En nou is dat toch gebeurd. Ik heb nooit…'

Harry kreeg het te kwaad en deed een stapje naar achteren. Hij schudde zachtjes met zijn hoofd, viste een grote zakdoek uit zijn broekzak en veegde even zijn bezwete voorhoofd af.

'Ik heb nooit gezegd… dat ik van je hou.'

Hij veegde nu met de zakdoek langs zijn ogen en bleef daarna roerloos staan. Een verdrietig, mager en hulpeloos oud mannetje dat naar de kist staarde.

De begrafenisondernemer schoof alweer in zijn richting om in te grijpen, toen hij opkeek en zich opnieuw naar de microfoon boog.

'En daarom doe ik het nu maar, al ben je dan dood: Hubert, ik hou van je.'

Daarna stapte hij moeizaam van het podiumpje af en schuifelde terug naar zijn stoel. Emma zocht in haar tas naar papieren zakdoekjes, pakte er een uit het pakje en bood er ook Roos een aan.

Zoon Mathijs werd aangekondigd. In stilte liep hij naar voren en nam plaats achter de microfoon. Uit de binnenzak van zijn donkergrijze jasje haalde hij twee volgeschreven A4'tjes, streek ze glad en begon ze voor te lezen. Een monotone opsomming van alles wat meneer Van Beek de laatste tachtig jaar in zijn leven had gedaan. De zon scheen door de grote ramen over de kist en over de bezoekers. Hier en daar werd ingehouden gegaapt. Toen Mathijs klaar was kondigde de uitvaartbegeleidster het lied aan waar meneer Van Beek het meest van had gehouden.

'Ik hoop zo op "Wil u een stekkie van de fuchsia?",' fluisterde Roos in Emma's oor.

Emma glimlachte. 'Dat zou prachtig zijn,' fluisterde ze terug.

Helaas, het werd Wim Sonneveld met 'Het Dorp'. 'Ook mooi, maar doe dat stekkie dan maar op mijn begrafenis,' fluisterde Roos iets te hard. Een vrouw voor hen draaide zich verstoord even half om.

Even later liep de kleine stoet achter de baar aan naar het pas gegraven graf. De kist werd op een stelling boven de kuil gezet en met een druk op een knop zakte hij zacht zoemend naar beneden.

Voor het open graf stonden, netjes op een rijtje, acht fuchsia's in de stralende zon.

Kort daarna schuifelden de bezoekers in een keurige rij langs de zoon en de broer van Van Beek om hen te condoleren. Het leek of Mathijs van Beek Emma en de andere leden van Klavertje Vijf, met wie hij toch recent had gesproken, niet herkende.

'Wij zijn van Rust en Vreugd. We hebben onlangs met je overlegd,' zei Ahmed.

‘O ja,’ zei Van Beek junior, ‘er begint me weer iets te dagen. Fijn dat u bent gekomen.’

Laatste in de rij was Sjoerd. Toen hij de oude broer de hand wilde schudden, was hij vergeten dat hij daar al een plak cake in had. Hij was erg in de war door het verlies van zijn oude vriend én hij verlangde hevig naar een troostglaasje jenever.

## 30

Het was een mooi en gezellig huisje waar Emma in woonde, maar toen ze vorige week, voor de eerste keer in bijna een jaar, met een sopje langs de deur en de kozijnen ging, had ze verontrust geconstateerd dat de verf hier en daar aan het bladderen was. Ze stond er peinzend naar te kijken toen ze een vrouwenstem achter zich hoorde.

‘Oei oei, dat ziet er niet goed uit, Emma.’

Ze draaide zich om en keek in het gezicht van Bella de Winter. Emma was even uit haar evenwicht. Moest ze er iets van zeggen dat die vrouw, net als de vorige keer, ongevraagd haar tuin was binnengelopen? Ze besloot het er voor de laatste keer bij te laten.

‘Hallo, eh… Bella was het, toch?’

‘Ja. Hoelang is het geleden dat je huisje is geschilderd?’

Emma haalde haar schouders op. ‘Geen idee, eigenlijk. Ik heb het nog nooit gedaan, en van de vorige eigenaar weet ik het niet.’

'Nou Em, ik wil me nergens mee bemoeien, maar goed schilderwerk is het behoud van je huisje.'

Bemoei je dan ook nergens mee, wilde Emma eigenlijk zeggen, maar in plaats daarvan vroeg ze aan haar ongenode visite of ze verstand had van schilderwerk.

Dat had ze, beweerde ze, want ze had een tweejarige cursus binnenhuisarchitectuur met succes afgerond.

'Maar dit is meer buitenhuisarchitectuur, toch?' vroeg Emma met een lachje.

Bella gaf geen krimp. Ze had tijdens de cursus veel materialenkennis opgedaan, vertelde ze, en wist veel van allerlei soorten verf.

'En dit ziet er écht niet goed uit.' Ze raapte een steentje van het pad en krabde daarmee een paar grote verfschilfers van de deurpost.

'Ho, ho, stop daarmee!' riep Emma verontwaardigd.

'Ik laat even zien hoe erg het is.'

'Nou, doe dat maar bij je eigen huisje.'

'Dat bladdert niet,' zei Bella minzaam, 'en ik kwam eigenlijk langs om je uit te nodigen voor een drankje. Kun je meteen mijn nieuwe interieur bewonderen, zelf ontworpen, en de nieuwe pizzaoven. Het ziet er fantastisch uit, al zeg ik het zelf.'

Emma viel even stil omdat ze zo snel geen elegant excuus kon bedenken om het aanbod af te slaan. Ze had helemaal geen zin in Bella en nog minder in haar vast heel hippe interieur.

'Ik heb een heerlijke Mâcon Villages uit twintig-twaalf staan,' probeerde Bella.

Emma nam een besluit. 'Ik heb geen tijd,' zei ze tamelijk bot.

Bella keek eerst even verbaasd, toen licht geschokt. 'O. Morgen dan?'

'Nee, morgen ook niet. Voorlopig nog even niet.'

'Je gaat anders wel heel vaak bij háár op visite.' Bella wees naar het huis van Roos.

'Klopt. Dat is mijn vriendin.'

'O.'

Ze keken elkaar even zwijgend aan.

'Nou, dan ga ik maar weer eens,' verbrak Bella de pijnlijke stilte. 'Misschien een andere keer.'

'Ja, misschien.'

Ze wensten elkaar een prettige middag en wisten allebei dat de kans dat ze op korte termijn samen een Mâcon Villages uit twintig-twaalf zouden drinken niet zo heel groot was.

Maar het schilderwerk moest intussen wel snel eens flink onder handen worden genomen. Emma besloot Herman te gaan vragen of hij een beetje netjes kon schuren en schilderen.

## 31

De opkomst bij de extra algemene ledenvergadering was groot. In de uitnodiging had gestaan dat de gemeente voornemens was om 'een deel van Rust en Vreugd te onteigenen'. Dat deel was niet nader gespecificeerd en dus wilden alle tuineigenaren maar al te graag weten of hun tuintje in het bedreigde gebied stond.

Een kwartier voor aanvang waren alle stoelen in de kantine bezet, werden er terrasstoelen van buiten gehaald en moesten de laatkomers achterin en aan de zijkant staan. Emma telde een stuk of zestig mensen.

Zij zat aan het ene uiteinde van de bestuurstafel, naast Fietje, Ahmed aan de andere kant naast Bert. Harm zat zwijgend en kaarsrecht in het midden. Klokslag drie uur sloeg hij met zijn voorzittershamer op tafel.

'Ik open de extra vergadering en geef het woord aan de secretaris, Bert Zijlstra.'

Bert knikte, schraapte zijn keel en stak van wal. Met veel omhaal van woorden vertelde hij de leden van Rust en Vreugd wat ze al wisten: dat de gemeente van een deel van het tuincomplex een parkeerplaats wilde maken ten behoeve van een nog aan te leggen sportpark met drie hockeyvelden, zes tennisbanen en twee padelbanen. Hoe de plannen er precies uitzagen wist het bestuur nog niet.

'Om welke huisjes gaat het?' riep iemand niettemin van achter uit de zaal.

'Dat zegt hij toch net,' blafte Harm in Berts plaats, 'dat weten we nog niet.'

'Weten jullie dat nog niet, of willen jullie dat nog niet zeggen?' mengde Charles zich in de discussie.

Als door een wesp gestoken reageerde Harm onmiddellijk. 'Heb je alles gehad, krijg je hem ook nog. Als ik zeg dat we niks weten, weten we niks.'

'Jij bent niet in je eerste leugen gestikt, Van Velsen!' riep Charles terug.

'Je moet je kop houden. Ik zweer dat we niet weten om hoeveel of om welke huisjes het gaat. Punt. Discussie gesloten!'

'Wat weten jullie al wel?' vroeg de nieuwkomer op het park, Aad Merkelbach.

Harm knikte naar Zijlstra.

'We weten alleen dát er plannen zijn, maar nog niet precies hoe die eruit komen te zien,' herhaalde deze.

'Hoe weten jullie dat dan?' riep iemand.

Bert kuchte, keek even opzij om op een bevestigend knikje te wachten, en zei toen dat hij daarover verder geen mededelingen kon doen. 'Maar we hebben de informatie uit zeer betrouwbare bron, dat kan ik u verzekeren.'

'Wie dan?' hield de vragensteller vol.

Er ontstond rumoer. Harm hamerde driftig op tafel. 'Het woord is aan de secretaris en aan niemand anders.'

Bert legde stamelend uit dat ze de bron niet konden vrijgeven. 'En dat doet er op dit moment ook niet toe. De vraag is wat er nu gedaan moet worden om te voorkomen dat het park wordt gehalveerd.'

'Gehalveerd?' werd er in paniek geroepen.

'Nou ja, ik weet het ook niet precies,' verbeterde Bert zichzelf.

Na nog een half uur chaotisch vergaderen werd er op initiatief van Emma en Ahmed besloten tot de oprichting van een actiecomité. Na een korte discussie werd gekozen voor de naam 'Handen af van Rust en Vreugd'. De alternatieven 'Laat Rust en Vreugd met rust' en 'Rust en Vreugd moet blijven' verloren nipt de verkiezing. In het comité namen zitting: Bert, Emma en Ahmed namens het bestuur, Sef Chatinier, Aad Merkelbach en, tot groot ongenoegen van Emma, Bella de Winter.

Harm van Velsen zat bij het samenstellen van het actiecomité woedend voor zich uit te kijken. Hij begreep dat zijn plan om zelf met een volmacht van het bestuur te onderhandelen met de gemeente vakkundig om zeep was geholpen met het bijeenroepen van deze ledenvergadering en het oprichten van een actiecomité.

De secretaris vroeg of er nog andere mensen waren die zitting wilden nemen in het comité. Er kwam geen reactie. Alleen Harm zocht met zijn ogen zijn zoon Ger, liep naar hem toe toen hij hem gespot had en fluisterde hem iets in.

Ger van Velsen stak zijn hand op. 'Ik geef me ook op voor het actiecomité,' riep hij door de zaal. Bert noteerde het extra lid. Emma en Ahmed keken strak voor zich uit.

Het comité kreeg de opdracht alles in het werk te stellen om de plannen van de gemeente te verhinderen. Daartoe zouden ze om te beginnen contact opnemen met alle leden van de gemeenteraad. Een rommelige inventarisatie leverde nog een stuk of wat voorstellen op, variërend van het gemeentehuis bezetten tot een brief aan de koning. 'Handen af van Rust en Vreugd' zou de komende weken alle ideeën inventariseren en over twee weken een nieuwe vergadering beleggen om alle mogelijke plannen te bespreken met de leden en te komen tot een plan van aanpak.

Bert Zijlstra sloot daarmee dit agendapunt af en informeerde of iemand nog iets had voor de rondvraag.

Frija stond op. 'Nou... jazeker. Wij, mijn man en ik, zijn met een petitie het park rond geweest. Wij willen graag het vrijgekomen huisje nummer 45 bestemmen voor gebruik door mensen die het niet zo breed hebben. Of om andere redenen niet op vakantie kunnen, bijvoorbeeld omdat ze gehandicapt zijn. We hebben 39 handtekeningen opge–'

'Verdomme nog an toe.' Harm van Velsen was opgestaan, sloeg met zijn vlakke hand op tafel en vloekte nogmaals. 'Mijn tuinpark wordt ingepikt door de gemeente voor een stelletje kuthockeyers en jullie beginnen over een huisje voor armoedzaaiers. Hebben jullie niks beters te doen?'

Woedend stond hij op en beende de kantine uit. De rest van het bestuur bleef in verbazing achter. Vertwijfeld keek Bert naar zijn medebestuursleden, zijn handen vragend half geheven.

'Sluit maar af,' fluisterde Ahmed hem toe.

Bert aarzelde even, pakte toen de hamer die Harm had achtergelaten en gaf er een heel zacht klopje mee op tafel.

'Ik sluit de vergadering.'

Frija was boos. 'Maar dit kan toch niet zomaar? Ik heb

toch een vraag voor de rondvraag, of niet dan? Zegt er dan niemand iets?'

Om haar heen werden de extra stoelen opgeruimd.

## 32

Emma had besloten een paar dagen naar huis te gaan. Het was een beetje de omgekeerde wereld geworden: de bedoeling was dat je voor de rust naar je tuinhuisje ging, maar nu ging ze voor de rust naar haar gewone huis. Even geen vergaderingen, geen onaangekondigde visite en geen mensen die iets van haar wilden. Ze had sinds het begin van het seizoen, nu ruim twee maanden geleden, pas vier boeken uitgelezen, terwijl haar gemiddelde normaal op twee per week lag.

Ze liep net met Nelson aan de lijn haar tuin uit toen Boris en Storm haar tegemoet kwamen lopen.

'Hé, tante Emma, ga je weg?' riep Boris al vanaf tien meter afstand.

'Ja, ik ga een paar daagjes naar mijn gewone huis.'

'Waarom? Vind je het hier niet leuk?'

'Jawel, maar ik... moet thuis ook dingen doen.'

'Wat voor dingen?'

'Nou, eh... schoonmaken bijvoorbeeld.'

'Je kan hier toch ook schoonmaken?'

'Ja, eh... maar hier is het al best schoon.'

‘Ik mocht toch op visite komen als ik met Storm moest spelen? Dat had je gezegd.’

‘Dat is waar ook,’ zei Emma, met een bijna onhoorbaar zuchtje, ‘maar niet al te lang vandaag. Hallo, Storm, kom je mee?’

Al die tijd had kleine Storm zo’n twee meter achter Boris gestaan en met open mond toegekeken. Emma stak een hand uit en Storm stapte naar haar toe en pakte hem. Met zijn drieën en de hond gingen ze terug de tuin in. Emma deed haar huisje weer van het slot, ging naar binnen en maakte limonade. Daarna zocht ze tevergeefs naar koekjes. Boris legde intussen aan Storm uit welke belangrijke werkzaamheden hij al voor zijn tante Emma had verricht.

Emma kwam met twee bekers naar buiten. ‘Limonade voor twee grote kerels.’

Boris trok een verontwaardigd gezicht. Hij zag duidelijk maar één grote kerel.

‘Alleen…’ Emma pauzeerde even voor de spanning, ‘… zijn jammer genoeg alle koekjes op.’ Dat leverde twee beteuterde gezichten op. ‘Maar gelukkig heb ik wel… chocola!’

Het gezicht van Boris klaarde meteen op, maar Storm bleef sip kijken.

‘Wat is er, Storm?’

‘Ik weet niet of ik deze chocola wel mag,’ zei hij zacht.

‘Waarom niet?’

‘Omdat het niet goed is voor het mieljeu.’

Emma keek even geheimzinnig om zich heen en boog zich toen voorover naar Storm.

'Dit is de beste mieljeu-chocola van de hele wereld,' fluisterde ze. 'Niet verder vertellen, hoor. Ook niet tegen mama en papa, oké?'

Storm knikte ernstig.

Boris draaide met een denkbeeldig sleuteltje zijn lippen 'krikkrak' op slot en gooide het sleuteltje weg. Emma deelde de chocola uit en vroeg daarna aan Storm of hij het leuk vond om met zijn nieuwe vriend Boris te spelen. Storm knikte enthousiast.

'En past hij ook een beetje goed op je?'

Opnieuw instemmend geknik.

Emma draaide zich naar Boris en gaf hem twee opgestoken duimen. 'Je kan wel zien dat jij echt al groot bent, dat jij dat allemaal al kan.'

Boris, die zijn opdracht om met Storm te gaan spelen met flinke tegenzin en onder lichte dwang van zijn moeder had aanvaard, begon nu het belang van zijn taak in te zien en vertelde trots dat hij Storm niet bij de sloot had laten komen, toen hij zelf probeerde een kikker te vangen.

'Mag jij dan wel bij de sloot?' vroeg Emma verbaasd.

'Nee, ik mag ook niet bij de sloot, maar ik kan toch al een beetje zwemmen.'

Emma vond het toch beter als hij dat niet meer deed. Daarna informeerde ze of Storm al op school zat.

Storm was geen prater. Meer een knikker. Maar op de

vraag in welke groep hij zat moest hij toch iets zeggen. 'In groep twee, bij juf Liesbeth.'

Boris vond dat Storm wel weer even genoeg aandacht had gekregen en meldde ongevraagd dat een meisje in zijn klas tegen de juf had gezegd dat ze in haar broek had geplast. 'Dat vond ik zo stom,' voegde hij er verontwaardigd aan toe.

'Maar dat is toch niet zo erg, dat kan toch gewoon een klein ongelukje zijn.'

'Maar ze zei dat ze in haar broek had geplast,' zei Boris nogmaals nadrukkelijk.

'Ja, en?'

'Maar ze had geeneens geen broek aan maar een jurk!'

Daar moest Storm erg om lachen. Emma en Boris lachten voor de gezelligheid mee.

Na een kwartiertje was alle limonade en chocola op en stuurde Emma de twee jongetjes weer op pad. 'Want nu moet ik echt naar huis.'

## 33

Vijf dagen en twee boeken later begon Emma het in huis alweer een beetje stil te vinden.

En met de stilte kwam het gemis. Want er was geen Thomas om de stilte op te vullen.

Dus controleerde ze of ze nog spullen uit de koelkast mee

moest nemen, stopte een paar dingen in haar tas, tilde Nelson in zijn mand achter op de fiets en reed twintig minuten later het grindpad van Rust en Vreugd op. Uitgerust en met nieuwe energie om ten strijde te trekken tegen botte voorzitters, drammende jehova's en arrogante stadsbestuurders.

Ze constateerde tevreden dat haar tuin er mooi bijlag, luchtte het huisje en ging daarna een rondje over het park wandelen. Eerst keek ze of Roos thuis was om bij te praten, maar er was geen teken van leven. Daarna bezocht ze Ahmed en Meyra om te vragen of ze belangrijke bestuurszaken had gemist. Dat was niet het geval. Ze zwaaide naar Cherrie, die op weg was naar de kantine, bleef even stilstaan bij het huisje van meneer Van Beek, vroeg een grindpaadje verderop aan Aad of er al een datum was voor de eerste bijeenkomst van het actiecomité (zaterdag over een week) en besloot ten slotte een bezoekje te brengen aan Herman. Hij stond aan de zijkant van zijn huisje met zijn rug naar haar toe, met een koptelefoon op zijn hoofd en een veiligheidsbril op zijn neus. Hij was bezig met een elektrische zaag dikke takken in stukken te zagen.

Emma riep hem, maar hij hoorde haar niet. Ze overwoog hem op zijn schouder te tikken, maar bedacht net op tijd dat hij dan misschien zou schrikken. En dat zou, gegeven de zaag, bij Herman gemakkelijk tot een bloederig ongeluk kunnen leiden. Toen zag ze dat er een snoer aan de zaag zat dat naar het buitenstopcontact leidde. Ze liep ernaartoe en trok de stekker eruit.

Herman keek eerst stomverbaasd naar het apparaat, drukte een paar keer tevergeefs op de aan-uitknop en keek toen pas om.

'Hééé, Emma.' Hij was overduidelijk blij haar te zien, legde de zaag neer waar hij stond en schudde haar lang en stevig de hand. 'Waar was je al die tijd?' informeerde hij bezorgd.

'Ik was een paar dagen naar mijn gewone huis. Even uitrusten. Ik kwam je wat vragen, Herman.'

Ze mocht alles vragen. Emma informeerde of hij een beetje kon schilderen en zo ja, of hij dan de deuren en kozijnen van haar huisje wilde schilderen.

'Natuurlijk kan ik schilderen. Ik ben een van de beste schilders van Rust en Vreugd! Wanneer kan ik beginnen?' vroeg hij, op en neer wippend van ongeduld.

'Nou, een dezer dagen,' stelde Emma voor.

'Ik kan ook nu beginnen.'

'Moet er geen hout gezaagd worden dan?'

'Nee, dat hoeft niet. Ik kan het beste nu meteen beginnen.'

'Dat wordt een beetje moeilijk, Herman, zonder verf en kwasten. Die moet ik nog kopen.'

Herman was duidelijk teleurgesteld en drong erop aan dat Emma zo snel mogelijk verf ging halen. Kwasten had hij nog wel, zei hij, en hij liep naar zijn schuurtje, waar hij even later triomfantelijk uit tevoorschijn kwam met twee oude kwasten, keihard van de oude verf.

De tomeloze werklust van Herman maakte Emma enigszins bezorgd, maar er was geen weg terug meer.

'Ik ga morgenochtend de benodigde spullen halen, dan kun je morgenmiddag beginnen,' beloofde ze.

In zijn enthousiasme gaf Herman haar een veel te harde high five.

## 34

Voor het eerste overleg van het actiecomité op zaterdagochtend had Bert Zijlstra de bestuurskamer gereserveerd. Toen Emma daar even voor tien uur naar binnen ging, zat Bella de Winter al pontificaal aan het hoofd van de tafel.

'Goedemorgen Emma, blij dat je er bent,' sprak ze alsof ze de gastvrouw van de bijeenkomst was.

Emma slikte en knikte. Even later heette Bella op dezelfde manier Sef, Ahmed en Ger welkom. Daarna bladerde ze even door een paar papieren die voor haar lagen.

'Het wachten is nog op Aad en Bert, dan zijn we compleet,' meldde ze.

Emma voelde haar ergernis groeien en zocht de blik van Ahmed. Die rolde alleen even met zijn ogen. Fietje laveerde tussen de mensen door met koffiekannen, een theepot, koekjes en glaasjes water.

'Dank je wel, Fie, ik denk dat we zo wel alles hebben,' zei Bella een beetje uit de hoogte, 'misschien straks nog een frisje.'

Emma keek Bella nu strak aan. Ze aarzelde of ze iets ging zeggen, maar besloot nog te zwijgen. Je mag van geluk spreken dat Roos niet in het actiecomité zit, dacht ze. Die zou, alleen al vanwege de manier waarop jij het woord 'frisje' uitspreekt, je dure designbril van je kop getrokken hebben.

Aad en Bert kwamen al pratend binnen.

'Ah, daar hebben we de laatkomers ook,' zei Bella met een gemaakt lachje.

Aad keek verbaasd op zijn horloge. 'Het is precies tien uur, zie ik,' zei hij koeltjes, 'goedemorgen allemaal, trouwens.'

Iedereen nam plaats, schonk zichzelf iets in en wisselde beleefdheden uit, tot Bella haar hand omhoogstak.

'Ik stel voor te beginnen. Het lijkt me het beste om eerst een voorzitter voor ons actiecomité te kiezen en daarna een secretaris. Ik stel mij kandidaat voor het voorzitterschap. Wie is er voor?' Ze stak zelf haar hand op. Aan de verbaasde blikken te zien overdonderde ze de aanwezigen hiermee nogal.

Aad was de eerste die reageerde. 'Eh... misschien moet je eerst vragen of er nog andere kandidaten zijn?'

Bella trok een gezicht alsof dat erg onwaarschijnlijk was en dat maakte dat Emma er genoeg van had: die Bella de Winter moest hoognodig een toontje lager zingen.

'Ik zou graag zien dat Aad voorzitter werd. Tenminste, als hij dat wil.' Ze keek haar kandidaat verwachtingsvol aan.

'Ik sluit me aan bij Emma,' meldde Ahmed, 'hij lijkt mij de geschikte persoon. Zou je het willen, Aad?'

Aad aarzelde.

Bella meldde ongevraagd dat zij ook zeer geschikt was. 'Misschien zelfs wel een beetje overgekwalificeerd,' vond zij.

Die laatste opmerking viel verkeerd. Bert had in eerste instantie besloten zich van stemming te onthouden, maar een zelfingenomen én overgekwalificeerde voorzitter ging hem te ver.

'Ik stem voor Aad,' meldde hij kortaf.

Emma keek opnieuw naar Aad. 'Als jij ook voor jezelf stemt, dan zijn we eruit en ben je met meerderheid van stemmen gekozen.'

'Tel ik niet meer mee soms?' mengde Ger zich erin.

Emma deed alsof ze een beetje schrok en excuseerde zich. 'O, sorry, Ger, natuurlijk tel jij ook mee. Wie zou jij graag als voorzitter zien? Of misschien wil je zelf wel kandidaat zijn.'

Ger aarzelde. Hij stond voor een lastige keuze. Aad was de kandidaat van Emma en Ahmed, dus dat lag moeilijk, maar van dat kakwijf Bella moest hij ook niets hebben en hij was te lui om zelf voorzitter te worden.

'Ik onthoud me van stemming,' bromde hij toen maar.

'En? Aad?' vroeg Emma opnieuw.

'Ik doe het,' antwoordde die, 'al ben ik natuurlijk wel een nieuwkomer op het park.'

'En daarom is het misschien een goed idee om een heel ervaren secretaris naast je te hebben,' nam Emma opnieuw de regie in handen. 'Dus ik stel voor Bert te kiezen. Is iemand daarop tegen?' Ze gaf nauwelijks tijd om te antwoorden. 'Gefeliciteerd, Aad en Bert. En hartelijk dank. Ik heb alle vertrouwen in jullie.'

Bella keek woest, Aad en Bert waren voor het blok gezet, Ger had nauwelijks in de gaten wat er was gebeurd en Ahmed knikte bewonderend over dit staaltje manipulatie van de anders zo integere Emma.

Tijdens het vervolg van het overleg was de sfeer op z'n zachtst gezegd niet ontspannen. Bella verviel na haar vergeefse greep naar de voorzittershamer in een ijzig zwijgen en Ger sloot zich daarbij aan. Emma vermoedde dat hij er slechts zat om verslag te kunnen doen aan zijn vader. Aad deed als nieuwbakken voorzitter zijn best om iedereen erbij te betrekken, maar gaf het na een paar mislukte pogingen op. De bijdrage van Bert beperkte zich tot instemmend knikken en aantekeningen maken.

Uiteindelijk stelden Ahmed, Aad en Emma de volgende brief op voor de gemeenteraad.

*Geachte dames en heren van de gemeenteraad,*

*Het is het bestuur van Volkstuinvereniging Rust en Vreugd ter ore gekomen dat er plannen zijn voor de aanleg van een nieuw sportterrein, direct grenzend aan het terrein van Rust en*

*Vreugd. Daarbij zou tevens een parkeerplaats aangelegd worden ten behoeve van bezoekers van het sportterrein. Die parkeerplaats zou gepland staan op een deel van ons tuinpark, waardoor er een onbekend aantal prachtige tuinen en een stuk unieke ecostructuur opgeofferd zou worden aan parkeerplaatsen.*

*In deze tijd van grote zorg om het milieu en de natuur lijkt ons dat de slechtst denkbare ontwikkeling. Wij verzoeken de gemeenteraad dan ook om onmiddellijk alle informatie over de voornemens van de raad met het bestuur van Rust en Vreugd te delen, en eventuele plannen om een stuk van Rust en Vreugd te onteigenen onmiddellijk en definitief af te blazen.*

*Wij zien graag op de kortst mogelijke termijn, maar in ieder geval binnen twee weken, uw antwoord tegemoet.*

*Hoogachtend,*
*Bert Zijlstra, secretaris Rust en Vreugd*

Er was nog discussie geweest of er gelijktijdig met het versturen van de brief aan de gemeenteraad contact gezocht moest worden met kranten en lokale radio en tv. Besloten was om dat nog even achter de hand te houden en eerst het antwoord van de gemeente af te wachten. Bij een onbevredigend antwoord, of geen antwoord binnen twee weken, zouden ze alsnog de publiciteit zoeken.

De volgende vergadering werd gepland op zaterdag over twee weken.

Emma, Ahmed en Aad verlieten tevreden de bestuurskamer, Bella was nog steeds boos en wat er in Ger omging was onduidelijk. Bert ten slotte vroeg zenuwachtig aan Ger of hij zo vriendelijk zou willen zijn verslag van de vergadering uit te brengen aan zijn vader.

'Jij kent hem beter dan ik,' besloot hij.

'Wat doet dat er nou toe? Trouwens, jij bent de secretaris.'

## 35

Roos stapte met een gezicht op onweer de tuin van Emma binnen en legde met een woeste klap een A4'tje neer op het tafeltje dat Emma naast haar leestuinstoel had staan.

'Hier! Dit kreeg ik net in mijn brievenbus!' brieste ze.

'Wat is het?' vroeg Emma verbaasd.

'Lees zelf maar. Wat een stelletje koeienkoppen.'

Emma pakte het papier en las.

*Geachte mevrouw Kapper,*

*Het bestuur van Rust en Vreugd heeft onlangs een klacht ontvangen van de heer en mevrouw*

*Goossens over uw gedrag. U zou hen hebben uitgescholden en fysiek geweld tegen hen hebben gebruikt. Zij hebben aangegeven zich niet langer veilig te voelen op ons complex.*

*Graag vernemen wij uw versie van de gebeurtenissen, alvorens te besluiten of we overgaan tot het nemen van strafmaatregelen.*

*Namens het bestuur,*
*B. Zijlstra, secretâris*

'Fysiek geweld... één klein duwtje. Met twee vingers. Je zou ze toch met hun schijnheilige koppen door de stront halen. Zij vielen míj lastig, ik niet hún!' Roos was rood aangelopen van woede.

Emma schoot ervan in de lach.

'Ja, lekker dan, lach jij me ook nog maar eens uit.'

'Sorry, schat, maar je trekt ook zo'n woeste kop. Laten we maar eens rustig bedenken hoe we dit gaan oplossen. Of wacht eens...' Emma dacht even na. 'Of... we laten deze beschuldiging als een boemerang op de hoofden van meneer en mevrouw Goossens terugkomen. Wat dacht je daarvan?'

Daar was Roos zonder meer voor. Emma legde uit wat haar bedoeling was. Een klein half uurtje later lag het volgende antwoord op tafel:

*Aan het bestuur van Rust en Vreugd*
*t.a.v. de heer Zijlstra, secretaris*

*Geacht bestuur,*

*Naar aanleiding van uw brief graag uw aandacht voor het volgende.*

*Op 19 mei jongstleden betraden de heer en mevrouw Goossens zonder mijn toestemming mijn tuin en vielen mij ongevraagd lastig met hun levensovertuiging. Daarbij duwden ze mij een blaadje in handen. Toen ik in woord en gebaar duidelijk maakte dat ik daar niet van gediend was, hebben zij mij bedreigd met hel en verdoemenis. Ik ben door hen aangetast in mijn persoonlijke integriteit en tevens was er sprake van tuinvredebreuk.*

*Het bestuur van Rust en Vreugd dient zorg te dragen voor een veilige tuinomgeving voor alle tuinders. De heer en mevrouw Goossens hebben al eerder inbreuk gemaakt op mijn privacy en ik verzoek het bestuur er zorg voor te dragen dat dat in de toekomst niet opnieuw zal gebeuren. Iedereen heeft recht op een ongestoord leven op zijn of haar tuin, en om die reden vraag ik het bestuur om de heer en mevrouw Goossens een contactverbod met mij op te leggen.*

*Voor de duidelijkheid: ik gun de heer en mevrouw Goossens van harte hun tuin, en laat het verder aan het bestuur over of u hun nog andere strafmaatregelen wilt opleggen.*

*Wat betreft het fysiek geweld waar de heer en mevrouw Goossens over spreken vermoed ik dat ze doelen op mijn aanmoedigende hand op de schouder van mevrouw Goossens voor zij mijn tuin verlieten.*

*Hopende hiermee de gewenste duidelijkheid te hebben verschaft,*

*Hoogachtend,*
*Roos Kapper*

Emma en Roos keken elkaar tevreden aan.

'Mooi hè?' zei Emma.

'Heel mooi,' beaamde Roos.

'En mocht het nodig zijn, dan zal ik graag als getuige optreden en verklaren dat het precies zo is gegaan als jij zegt.'

'Maar je was er toch helemaal niet bij?'

'Maar ik had het toch vanuit mijn tuin allemaal kúnnen zien en horen,' zei Emma met een valse grijns.

'Emma toch!'

'Ik hoop niet dat later de zwarte doos van deze middag wordt gevonden, dan hang ik,' lachte Emma. 'Wat trouwens écht raar is,' ging ze verder, 'is dat ik een brief onder ogen krijg die afkomstig is van het bestuur waar ik zelf in zit, maar waar ik niks van afweet, en daarna een brief schrijf naar datzelfde bestuur, terwijl ik er zelf in zit. Ben trouwens benieuwd of ik die wél te zien krijg.'

## 36

'Je raadt nooit wie er gistermiddag voor mijn tuinhekje stond.' Erik keek de kring rond.

'Ger van Velsen?' opperde Meyra.

Erik schudde van nee.

'Bella de Winter?' Er klonk een lichte afschuw in Emma's stem.

'Ook niet.'

Het bleef verder stil.

'Meneer Gorter,' gaf Erik het antwoord.

'Meneer wie?' vroeg Ahmed.

'Meneer Gorter, de kluizenaar van ons park. De man van huisje 34. Met die tuin met al dat hoge, donkere groen rondom. Die als een schicht van en naar zijn huisje gaat.'

'Die is zo schuw als een, eh...' Roos haperde, 'ja, welk beest is er eigenlijk schuw?'

'Die zoeken we op,' zei Erik ongeduldig, om daarna uit te leggen wat er was gebeurd. Die morgen had meneer Gorter hem aangesproken in zijn tuin. Hij had verlegen gemeld dat hij graag van dienst wilde zijn in de strijd van Rust en Vreugd tegen de plannen van de gemeente. In een grijs verleden was hij journalist geweest bij de regionale krant en hij kende nog wel een paar journalisten uit die tijd. Die wilde hij benaderen met de vraag of zij iets willen schrijven over de dreigende onteigening van een deel van het park.

'Is dat misschien iets?' had Gorter tot slot gevraagd.

Erik had enthousiast gereageerd en was zo vrij geweest om af te spreken dat hij de contactpersoon van Klavertje Vijf met meneer Gorter zou zijn en indien nodig met hem zou overleggen.

'En ik heb uitgelegd wie de leden van Klavertje Vijf zijn en dat we ook vertegenwoordigd zijn in het bestuur én in actiecomité Handen af van Rust en Vreugd, dus dat we een breed draagvlak hebben. Hij heeft wel heel nadrukkelijk gezegd alleen met mij te willen overleggen. Ik vroeg waarom met mij, maar dat was een willekeurige keuze, het had net zo goed een ander lid van onze club kunnen zijn. Hij wil absoluut verder geen "gedoe", zoals hij het noemde, en ik ben de enige die hem mag opzoeken in zijn tuinhuisje. Dus... gaan we daar gebruik van maken?'

Iedereen was het erover eens: goed plan.

Er was nu een week voorbij van het ultimatum van twee weken dat het actiecomité aan de gemeente had gesteld. Erik zou meneer Gorter vragen om over een dag of vijf zijn oud-collega's te benaderen.

'En dan... vol op het orgel, alle remmen los!' juichte Roos.

## 37

Sjoerd miste zijn vriend, meneer Van Beek. Hij miste ook het beetje structuur in zijn leven dat zijn dagelijkse visite aan de oude fuchsiakoning had geboden. Hij had hem geholpen met kleine klusjes in de tuin, twee keer per week boodschappen voor hem gedaan, maar vooral hadden ze elkaar gezelschap geboden.

Meestal was Sjoerd rond een uur of twaalf komen aanwaaien. Dan praatten ze over het weer en over de tuin en daarna aten ze samen een boterham. Sjoerd ruimde op en deed de afwas en Van Beek zorgde voor zijn fuchsia's. Als de jenever openging, zo rond een uur of drie 's middags, namen ze samen een borreltje. Na het tweede borreltje werden de woorden van de oude heer eerst een beetje onsamenhangend en daarna viel hij halverwege een zin in slaap. Sjoerd dekte hem dan toe met een dekentje en ging thuis verder drinken.

Als hij de volgende morgen zijn roes had uitgeslapen, vertrok hij tegen de middag weer naar de tuin van meneer Van Beek en herhaalde het programma zich.

En nu lag die tuin er verlaten bij. Sjoerd was nog een paar keer langs geweest om de fuchsia's water te geven, maar daar was al snel de klad in gekomen. In zijn eigen huisje, zonder zijn dagelijkse bezoek aan Van Beek, dreigde hij nu al om elf uur de koffie in te ruilen voor zijn eerste borrel. Roos had hem er ongevraagd op gewezen dat vier uur eerder beginnen met de jenever misschien niet zo'n goed idee was.

'Maar wat moet ik dan met mijn tijd?' had Sjoerd vol zelfmedelijden geroepen.

'Weet ik veel, voor mijn part neem je kippen, als je maar niet zo veel zuipt,' had Roos geadviseerd.

En tot haar verbazing had Sjoerd dat advies ter harte genomen. Hij was op de fiets naar de bouwmarkt gegaan en had hout en gaas gekocht, dat hij met veel moeite op de bagagedrager naar zijn tuin had getransporteerd. Daarna was hij twee dagen lang tot een uur of drie in de middag aan het klussen geweest.

Toen stond er in zijn tuin een kippenhok. Sjoerd was geen timmerman, dat kon je zien, maar dat zouden de kippen vast niet erg vinden. Het hok was wind- en waterdicht en ze konden er 's nachts op stok. Zijn hele tuin was afgerasterd zodat ze overdag vrij konden rondscharrelen.

Bij de dierenwinkel had hij zes krielkippen gekocht. Daar had hij nog even overwogen ook een schildpad te nemen. Het leek hem leuk om hem elke dag te vragen: 'Wat voer jij in je schild?' Als kind had hij een vriendje gehad dat een schildpad hield. Die zat aan een touwtje door een gaatje dat de vader van dat vriendje heel voorzichtig in zijn schild had geboord, zodat hij niet heel langzaam kon ontsnappen.

Uiteindelijk besloot hij even af te wachten of het met de kippen ging lukken en er dan pas een schildpad bij te nemen.

De eerste twee dagen was het prima gegaan. Hij had in het hok vier eieren geraapt en er in de tuin nog een gevonden. Hij had er twee aan Roos gegeven, uit waardering voor het idee, twee aan Emma, omdat hij haar graag mocht, en het laatste, kleinste ei had hij zelf willen bakken maar had hij op de grond kapot laten vallen.

De derde dag was er een kip verdwenen. Sjoerd kwam ook na drie keer tellen op vijf kippen uit. Bij inspectie van het hekwerk rond de tuin bleken er toch een paar kleine constructiefouten in het gaas te zitten die waarschijnlijk als ontsnappingsroute waren gebruikt. Een uitgebreide speurtocht in de tuinen rondom had niets opgeleverd. Hij had Roos erbij geroepen om te helpen. Roos had meegezocht, weliswaar met flinke tegenzin, maar ze voelde zich een beetje verantwoordelijk, omdat zij het idee van de kippen had aangedragen.

Na een half uur had ze het opgegeven.

'Ik stop ermee, Sjoerd, die kip zit vast bij Van Velsen in de soep of anders hebben die jehova's hem geofferd, maar hier is-ie niet meer.'

Sjoerd was zeer teleurgesteld dat zijn kippenproject al zo snel averij had opgelopen en zocht troost bij de fles.

# 38

Emma had van tevoren gevreesd voor een onbehouwen kliederboel, maar dat viel erg mee. Herman bleek een tamelijk vaste hand van schilderen te hebben en werkte heel precies. Met zijn tong een stukje uit zijn mond en zijn neus bijna op zijn kwast ging hij gestaag door. Twee kozijnen waren al af.

Hij was moeilijk te stoppen als hij eenmaal was begonnen.

Emma had geprobeerd hem met koffie en koek tot een pauze te verleiden, maar Herman wilde de koffie graag naast zich op zijn werktafeltje en de koek stak hij in zijn geheel in zijn mond om zijn handen vrij te houden.

Emma zat aan de buitentafel en keek tevreden naar het resultaat tot dusver. 'Het wordt mooi, Herman.'

Herman maakte een geluid dat op een bevestiging leek.

'En het gaat eigenlijk sneller dan ik...'

'Godsamme!'

Geschrokken liep Emma naar hem toe. Herman had even niet opgelet en zijn kwast in de koffiemok gedoopt in plaats van in het blik met verf. Hij stond volkomen ontredderd te kijken van kwast naar koffiekop en terug, terwijl hij ondertussen zichzelf zachtjes uitschold. 'Zak hooi, kloothommel, pannenkoek.' En nog een extra zak hooi erachteraan.

'Geeft niks, hoor, kan de beste overkomen,' troostte

Emma hem. Ze kon niet anders dan vertederd naar deze grote, klunzige man kijken. Dom maar lief.

Twee uur later stonden ze naast elkaar van een afstandje naar Emma's huisje te kijken. Emma had hem een arm gegeven en keek tevreden van haar huisje naar haar schilder.

'Fantastisch, Herman, echt waar. Ik had niet gedacht dat jij zo goed kon schilderen.'

Herman werd er verlegen van en mompelde: 'Dat had ik ook niet gedacht.'

Emma pakte haar tas, haalde er een briefje van vijftig uit en gaf het Herman. Die pakte het werktuiglijk aan, keek ernaar en propte het geld toen geschrokken terug in haar hand.

'Nee, nee, dat wil ik niet. Ik deed het niet voor geld. Nee. Gewoon… voor u.'

Emma keek naar het verfrommelde briefje van vijftig en wist even niet wat ze ermee aan moest. Ze realiseerde zich dat ze hem misschien een beetje had beledigd.

## 39

Sinds de Bravilor was ingeruild voor een modern koffieapparaat met versgemalen bonen en opgeschuimde melk, was de koffieconsumptie in de kantine aanzienlijk gestegen. Ook Emma durfde het weer aan daar koffie te drinken. Op deze regenachtige zaterdag zaten Emma, Cherrie en Meyra aan een tafeltje en genoten van een cappuccino. Ze bespraken wat er in hun tuinen zoal rondkroop en -vloog.

'Als ik moest kiezen tussen slakken en luizen, dan koos ik voor slakken. Tenminste, als het naaktslakken zijn,' stelde Meyra.

Emma vroeg waarom.

'Omdat je naaktslakken makkelijker kunt bestrijden.'

'Hoe dan? Door er per ongeluk overheen te rijden als ze het fietspad oversteken op een regenachtige dag?'

Meyra rilde. 'Nee, je kunt naaktslakken heel goed bestrijden met bier. Je giet een blikje bier in een diep bord, zet het 's avonds op de plek waar ze je planten aanvreten en de volgende dag liggen er zomaar tien, twintig dooie slakken in het bier.'

'Het is gewoon drankmisbruik,' klonk het twee meter verder vanaf de bar. Charles was daar zojuist aangeschoven.

Emma zwaaide vriendelijk naar hem, terwijl ze fluisterde: 'Niet op reageren, anders komt hij er misschien bij zitten.' Maar het was al te laat. Charles gleed van zijn kruk en kwam naast hun tafeltje staan.

'Goedemiddag vrinden, ik moet ethische bezwaren maken tegen het dronken voeren van slakken. Ik zal subiet de Partij voor de Dieren verwittigen.' Hij moest zelf nogal grinniken om zijn grap. De drie vrouwen aan de tafel knikten alleen minzaam.

'Dank je, Charles, voor je bijdrage,' zei Meyra.

‘Vinden jullie het bezwaarlijk als ik er even bij kom zitten?’

Er viel een pijnlijke stilte. Charles stond er een beetje hulpeloos bij.

‘Volgens mij is het juist best diervriendelijk,’ doorbrak Cherrie de stilte. De anderen keken verbaasd.

‘Zo’n schaal met bier. Tenminste, dat denk ik, want ze worden vast gezellig dronken voor ze verdrinken.’

Emma glimlachte. ‘Nou ja, alles beter dan er per ongeluk op gaan staan met je blote voeten. Dat heb ik vorige week per ongeluk gedaan. Ik heb nog nooit zo hard gegild, geloof ik.’

‘Jasses, ik wil er niks meer over horen.’ Meyra trok een vies gezicht.

‘Genoeg over slakken, wie wil er nog koffie?’ informeerde Emma.

‘Nou, ik zou wel willen, maar ik moet ervandoor, want Boris zit alleen thuis.’ En weg was Cherrie.

‘Mag ik je even storen, Emma?’ Nu was Fietje bij hun tafeltje komen staan.

Charles, die al die tijd een beetje onbeholpen naast het tafeltje had gestaan, maakte gebruik van de komst van Fietje en keerde zo onopvallend mogelijk terug naar zijn plaats aan de bar.

‘Natuurlijk, Fie, zeg het maar.’

Fietje wenkte Emma om even mee te komen. In een hoekje van de kantine vroeg ze of Emma even haar plekje achter de bar wilde innemen. Natuurlijk wilde Emma dat. Op fluistertoon legde Fietje uit: ‘Het is namelijk al bijna half twaalf, en Harm is er nog steeds niet. Normaal komt hij altijd om half elf een bakkie koffie halen, en je weet: hij is een man van de klok.'

'Heb je hem al gebeld?'

'Hij neemt niet op, hij zal wel druk met de hond zijn, maar ik ga toch even thuis kijken. Het is vast niks, ik maak me altijd voor niks bezorgd.' Fietje frunnikte nerveus aan haar trouwring.

'Natuurlijk, schat, beter even het zekere voor het onzekere nemen. Ik pas intussen op de winkel.'

Fietje bedankte haar en haastte zich de kantine uit. Emma excuseerde zich bij Meyra, nam plaats achter de bar en bestudeerde de nieuwe koffiemachine. Ze realiseerde zich dat ze nu wel weer met Charles opgescheept zat.

Het voordeel van de Bravilor was geweest dat een kind de was kon doen. Of liever: de koffie.

'Hoe werkt dit ding?' mompelde ze in zichzelf.

'Moet ik assisteren?' informeerde Charles.

'Nee, hoor, ik probeer het alleen even uit.'

Dat viel nog niet mee. Ze zette haar leesbril op en boog zich naar de verschillende knopjes en lampjes.

'Wat sta je daar te hannesen?' klonk nu een andere stem achter haar.

Ze draaide zich om. Ger van Velsen stond naast Charles en keek Emma argwanend aan.

'Ik vervang even je moeder, die is naar je vader op zoek.'

'O.'

'Wil je iets bestellen?' Ze hoopte dat hij geen koffie wilde.

'Doe maar een colaatje. En maak maar een bonnetje.'

'Ik wist niet dat dat kon.'

'Dat doen we ook niet voor iedereen.'

'Voor wie doen "we" het dan wel en voor wie niet?' bemoeide Charles zich ermee.

'Alleen voor mensen die een functie vervullen op de tuin.'

'O, maar dan mag ik ook een bonnetje,' zei Emma opgewekt.

Ger keek haar niet-begrijpend aan.

'Ik zit in het bestuur, Ger. Dus dan kan ik ook een bonnetje voor mezelf maken.'

Daar had Ger niet aan gedacht. Met tegenzin bromde hij dat dat inderdaad kon.

'Maar ik doe het niet, hoor,' glimlachte ze hem toe. Ze draaide zich om, pakte een cola uit de koelkast en serveerde Ger flesje en glas. Op een post-it-velletje maakte ze een bonnetje op naam van Ger van Velsen. Ger keek toe of het klopte, pakte daarna zijn consumptie, bromde een bedankje en ging aan een tafeltje zitten.

'Voor mij een biertje, graag,' zei Charles.

Emma keek op de klok. Kwart voor drie.

'Normaal doe ik niet moeilijk, Charles, maar nu zit er iemand achter je scherp op te letten of de regels wel gehandhaafd worden, dus je moet nog even een kwartiertje wachten.'

Charles aarzelde of hij de confrontatie met Emma en Ger

aan zou gaan, maar hij bleef uiteindelijk zwijgend aan de bar zitten mokken.

Emma voelde zich een beetje nutteloos, want er zaten maar een paar mensen in de kantine, die allemaal voorzien waren. Ze besloot te doen wat Fietje in zulke gevallen deed: poetsen. Ze had net de eerste glazen gespoeld toen ze opschrok van een overslaande, huilende stem: Fietje was de kantine binnengekomen en ging meteen op Ger af.

'Je moet komen, nu meteen!' riep ze haar zoon in tranen toe.

Ger sprong op. 'Wat is er dan, ma?'

'Er is iets met je vader.'

'Wat is er dan met hem?'

'Ik weet het niet. Kom nou maar.' Haar stem sloeg opnieuw over.

Een onthutste Emma zag hoe moeder en zoon zo snel ze konden de kantine uit holden.

Ze was nogal van haar stuk en ongerust en dat werd er niet beter op toen ze enkele minuten later in de verte de sirene van een ziekenwagen hoorde die steeds dichterbij kwam, tot hij, met zwaailicht, voor de kantine tot stilstand kwam en de sirene uitzette.

Er sprong een man uit die zoekend om zich heen keek. Emma haastte zich naar buiten.

'Ik denk dat jullie bij huisje 1 moeten zijn, helemaal aan het eind van dit pad, aan je linkerhand.'

# 40

Alles was snel gegaan. De ambulance was een kwartiertje later, met de sirene aan, het park weer afgereden. Vlak daarna was Cherrie de kantine binnen komen rennen.

Ze was direct op Emma afgegaan en had verteld dat er iets ernstigs aan de hand was met haar schoonvader, waarschijnlijk een beroerte of zoiets. 'Zou jij alsjeblieft op Boris willen passen, dan gaan Ger en ik meteen naar het ziekenhuis,' had ze gevraagd.

Emma had Boris opgehaald in het huisje van Cherrie en hem meegenomen naar haar eigen huisje. Daar zaten ze nu samen aan tafel. Haar kleine vriend was helemaal overstuur en in tranen.

'Ik wil ook naar opa,' riep hij keer op keer.

Emma hield zijn hand stevig vast.

'Dat kan niet, Boris. Kinderen mogen niet mee. Nu nog niet. Ik denk dat opa gauw weer thuiskomt en anders... gaan we samen bij hem op visite in het ziekenhuis, als dat weer mag.'

Uiteindelijk was Boris gekalmeerd en nu wandelden ze met de hond een rondje over het park. Boris had de riem vast en hield nauwlettend in de gaten of Nelson geen gaten ging graven of met zijn neus in de brandnetels zat.

'Gaat opa dood?' vroeg hij ineens met een klein stemmetje.

Emma was even van haar stuk. 'Eh... nee, ik denk het niet. Jouw opa is een sterke kerel, toch?'

'Maar je weet het niet zeker?'

'Eh… nee. Dat kun je nooit helemáál zeker weten.'

Boris pakte met zijn vrije hand de hand van Emma en zo liepen ze een tijdje zwijgend verder.

'Als opa doodgaat heb ik geeneens geen gedag gezegd,' zei Boris toen.

Emma moest even slikken.

'We gaan straks proberen mama te bellen om te vragen hoe het met opa gaat, goed?'

Boris knikte.

## 41

### KOSTBAAR STUKJE GROEN MOET WIJKEN VOOR PARKEERPLAATSEN

*Bij de leden van Volkstuinvereniging Rust en Vreugd is grote onrust ontstaan over plannen van de gemeente om een deel van het complex te annexeren ten behoeve van parkeerplaatsen bij het nog aan te leggen sportpark Klaverweide. Dat zou in de plaats komen van het huidige sportpark Overhaal, dat op zijn beurt moet wijken voor woningbouw. In de plannen van de gemeente moeten naar schatting vijftien tuinhuisjes verdwijnen voor parkeergelegenheid voor ongeveer honderd auto's. De parkeerplaatsen zijn bestemd voor leden en bezoekers van hockeyclub H.I.T. en tennisvereniging Smashing.*

*Er is een actiecomité opgericht onder de naam 'Handen af van Rust en Vreugd', dat zich beraadt op actie en de mogelijkheden onderzoekt van juridische stappen. Dat mensen vaak protesteren onder het motto 'not in my backyard' is in dit geval wel erg letterlijk: er moet een brede strook unieke tuinen wijken voor asfalt. Tuinen die voor mensen hun lust en hun leven zijn en waar ze soms al generatieslang van genieten. Bijkomend pijnpunt is dat de gemeente op geen enkele wijze vooraf heeft overlegd met het bestuur van Rust en Vreugd.*

*De gemeente is om commentaar gevraagd, maar een woordvoerder heeft medegedeeld dat eerst de uitkomst van de commissievergadering afgewacht moet worden, alvorens inhoudelijk te kunnen reageren. Wel zegde de gemeente toe rekening te houden met de belangen van de leden van Rust en Vreugd, maar dat er, wat betreft parkeergelegenheid bij sportaccommodaties, rekening gehouden moet worden met Europese regelgeving.*

*Een tuineigenaar kondigde vast aan wat de*

*gemeente te wachten stond: 'Ik heb dit huisje al 37 jaar en over mijn lijk dat ik hier vertrek omdat hockeymeisjes zo nodig met de Hummer vlak naast het veld afgezet moeten worden. En dat over mijn lijk moet u letterlijk nemen.'*

Erik had het artikel uit de krant voorgelezen aan de leden van Klavertje Vijf en liet nu de bijgaande foto zien van de kantine van Rust en Vreugd, met op de achtergrond de tuintjes.

'De gemeente zegt toe rekening te houden met de belangen van leden van Rust en Vreugd,' brieste Roos, 'me reet.'

Erik knikte. 'Als je een verklaring omdraait en het is volslagen kletskoek, dan betekent het niks. De gemeente gaat nooit zeggen: wij houden geen rekening met de belangen van Rust en Vreugd.'

Goed artikel, vond iedereen.

'Onze kluizenaar heeft woord gehouden,' zei Meyra, 'het staat uitgebreid in de krant.'

'De eerste slag is gewonnen,' concludeerde Emma. 'De gemeente wilde haar plannen zo lang mogelijk stilhouden en wij zijn gebaat bij zo veel mogelijk openheid en publiciteit. Het antwoord van de gemeente op de brief van het bestuur is een ordinaire kluit in het riet. Samengevat staat erin: wij hebben uw brief in goede orde ontvangen en gaan nu zo lang mogelijk tijdrekken.'

Ondanks deze eerste kleine overwinning was de stemming bedrukt. Inmiddels was bekend dat Harm van Velsen een zware beroerte had gehad en dat hield Rust en Vreugd toch in zijn greep. Na drie dagen op de intensive care lag hij nu op zaal, en de verwachting was dat hij over een aantal dagen naar huis zou mogen om daar verder te revalideren.

Fietje ging twee keer per dag op bezoek bij haar man en was erg in de war. Ze stond tussen de ziekenhuisbezoeken door gewoon op haar vaste plek achter de bar, maar had haar hoofd er niet bij. Ze had al een stuk of vijf kopjes en glazen stuk laten vallen.

'Waarom ga je niet lekker naar je huisje?' had Roos gevraagd.

'Nee, nee,' had ze verschrikt geantwoord, 'dan weet ik helemaal niet wat ik doen moet. Nu hoef ik tenminste niet de hele tijd na te denken. Nou ja, iets minder.'

Emma had de afgelopen dagen regelmatig even een uurtje op Boris gepast, als zijn ouders naar het ziekenhuis gingen. De kleine man was erg verdrietig dat hij niet mee mocht. Pas toen zijn opa van de ic af was, mocht hij eindelijk bij hem op bezoek.

'Hij zat helemaal vast aan slangen,' had hij onthutst verslag gedaan aan tante Emma. 'Maar toen hij mij zag ging hij gelijk proberen grapjes te maken, maar dat lukte niet, want de woorden kwamen er niet goed uit. Ik begreep er niks van wat hij zei, maar ik heb toch maar gelachen. Toen moest hij ook lachen. Denk ik.'

Emma had haar kleine vriend geprezen. 'Ik denk dat

jouw lach veel beter was dan een pilletje. Dat opa heel blij was dat hij je zag.'

Dat dacht Boris zelf ook.

## 42

Ahmed had er bij Bert Zijlstra op aangedrongen op korte termijn een bestuursvergadering te beleggen om de laatste ontwikkelingen te bespreken. Zijlstra had niet zoals gebruikelijk tegengesputterd, maar iedereen meteen uitgenodigd voor de eerstvolgende zaterdag. Emma en Ahmed vermoedden dat hij zo snel en doortastend handelde omdat hij voor het eerst in jaren niet bang hoefde te zijn voor de gesel van Harm van Velsen.

Op de bewuste zaterdagmorgen hadden Ahmed, Fietje, Emma en Bert net plaatsgenomen aan tafel, toen Ger van Velsen de bestuurskamer binnenstapte met een gebromd 'Goeiemorgen'. Alle aanwezigen keken verbaasd op.

Fietje reageerde het eerst op de onverwachte komst van haar zoon. 'Wat kom jij doen, Ger?'

'Ik kom namens pa.'

'Hoezo, namens je vader?' vroeg Ahmed argwanend.

'Ik hoorde van ma dat er een bestuursvergadering was en toen heb ik dat gisteren met mijn vader besproken en hij heeft mij...'

‘O... ik begreep anders van je vrouw dat hij niet of nauwelijks kan praten,’ viel Emma hem in de rede.

‘Eh... dat is ook zo.’

‘En hoe hebben jullie dan dingen besproken?’ vroeg Emma door.

‘Nou gewoon, ik, eh... vroeg dingen en hij knikte dan ja of nee.’

‘Hij knikte ja of nee,’ herhaalde Emma. ‘En begreep hij wel wat je zei?’

‘Ja, natuurlijk, hij is niet gek of zo.’

‘Nee, maar hij heeft wel een zware hersenbloeding gehad.’

‘Nou en?’

‘Nou en? Dan is het normaal dat je erg in de war bent. Het duurt weken of nog langer voordat hij hersteld is, als hij al helemaal herstelt.’

Ger haalde zijn schouders op. ‘Ik heb met hem overlegd en hij wil graag dat ik voorlopig namens hem in het bestuur zit.’

Fietje had al die tijd geen woord gezegd en was langzaam wit weggetrokken. Zijlstra zat zenuwachtig met zijn mond te trekken.

‘En hoe zie jij je rol dan? Dat je gewoon de plaats van je vader inneemt?’ vroeg Emma.

‘Zoiets, ja.’

‘Maar je bent toch helemaal niet gekozen?’

‘Maar mijn vader wel. En ik spreek namens hem.’

Emma dacht na en stelde toen voor de vergadering even te schorsen. Bert stemde opgelucht in. Emma en Ahmed vertrokken naar buiten.

'Wat moeten we hier nou weer mee?' vroeg Ahmed hoofdschuddend.

'We zitten in een lastig parket, dat is zeker,' zei Emma nadenkend. 'Als we nu moeilijk gaan doen over Ger, hebben we een lamgeslagen bestuur. En dat met alle problemen die we hier op ons bordje hebben. Willen we dat?'

Ahmed schudde langzaam van nee.

Ze besloten het er voorlopig bij te laten. Als het later nodig mocht blijken, konden ze altijd nog moeilijk doen over de aanwezigheid van Ger bij de bestuursvergaderingen.

Ze gingen de kantine weer binnen op weg naar de bestuurskamer. Fietje stond intussen alweer dwangmatig te poetsen achter de bar, in afwachting van de herstart van de vergadering.

Emma liep naar haar toe.

'Wat vind jij ervan als je zoon tijdelijk de rol van je man overneemt?'

'Goed hoor,' zei Fietje zachtjes. 'Als ik met Harm in een bestuur kan, kan ik dat ook met Ger.'

Vijf minuten later werd de vergadering hervat. Ger stelde voor dat hij plaatsvervangend voorzitter zou zijn tot de terugkomst van zijn vader, maar daar staken Emma en Ahmed een stokje voor. Zij stemden op Bert als tijdelijk voorzitter. Fietje stemde blanco en Bert meldde dat hij het niet 'ethisch' vond om op zichzelf te stemmen en onthield zich.

'Dat is heel "ethisch" van je, Bert,' zei Emma, 'maar voor het resultaat maakt het niks uit, en dat wist je waarschijnlijk wel. Je was al gekozen. Met twee stemmen voor en één tegen.'

Bert bezwoer dat hij daar geen moment aan had gedacht.

Vervolgens bespraken ze het artikel in de krant en overlegden over het nietszeggende antwoord van de gemeente op hun brief. Besloten werd een nieuwe brief naar de gemeente te sturen met de harde eis om binnen twee weken inhoudelijk te reageren en alle beschikbare informatie over de plannen betreffende het tuinpark onmiddellijk met het bestuur van Rust en Vreugd te delen. Zo niet, dan zouden ze juridische stappen ondernemen. Ahmed en Bert kregen de opdracht uit te zoeken wat voor wettelijke mogelijkheden er waren.

Ger had al die tijd geen woord gezegd. 'En dan is er nog een agendapunt,' meldde Bert, 'en dat betreft een klacht die is ingediend, of eigenlijk twee klachten, betreffende een conflict tussen lid mevrouw Kapper enerzijds en leden de heer en mevrouw Goossens anderzijds. Ze beschuldigen elkaar van... nou ja, hoe moet je dat noemen... fysiek en geestelijk geweld.'

Bert nam de tijd om de ingekomen brieven van de jehova's en van Roos voor te lezen. Toen hij klaar was keek hij rond. 'Ik constateer dat beide brieven nogal tegenstrijdig zijn.'

Voor het eerst liet Ger nu van zich horen. 'Die Roos Kapper is een vervelend wijf. Zorgt altijd voor gedoe. Dus die moet dan maar geroyeerd worden.'

Emma veerde op. 'Ho ho, Ger, mevrouw Kapper is misschien wat rechtdoorzee, maar absoluut geen "vervelend wijf", zoals jij zo subtiel formuleert.'

'Ja, lekker. Jij bent haar vriendin. Vier handen op één buik.'

'Twee,' zei Ahmed.

'Wat twee?' Ger begon zich op te winden.

'De uitdrukking is: twee handen op één buik.'

'Ze hebben toch vier handen samen. Ach, wat kan mij nou twee of vier handen schelen. Ze dekken mekaar altijd.'

Bert informeerde bij Ahmed en Fietje wat zij ervan vonden. Ahmed probeerde zo onopvallend mogelijk partij te kiezen voor Roos, en Fietje mompelde dat ze niet wist wat ze ervan kon vinden omdat ze er niet bij was geweest.

Emma dacht na. Moest ze zeggen dat ze getuige was geweest van de ruzie, terwijl dat niet zo was?

'Wat vind jij ervan, Bert?'

'Ik heb het ook niet zo op die Roos,' meldde hij. 'Meneer en mevrouw Goossens lijken me rustige types, maar van mevrouw Kapper weet ik dat ze nogal opvliegend kan zijn.'

'Maar de verklaringen spreken elkaar tegen. Die vormen geen bewijs,' probeerde Emma.

Bert leek niet overtuigd en Ger was niet te overtuigen. Dat zou erop uit kunnen draaien dat de stemmen staakten en de stem van de voorzitter de doorslag zou geven. Emma hakte de knoop door.

'Ik heb wél bewijs.' Vier vragende gezichten om haar heen. 'Ik ben namelijk, zoals jullie wel weten, de buurvrouw van mevrouw Kapper en ik was tijdens de ruzie op mijn tuin en heb toen gezien en gehoord wat er gebeurde.'

Bert keek argwanend, Ahmed trok een wenkbrauw op, Ger blies verontwaardigd, Fietje veerde nieuwsgierig op.

'Meneer en mevrouw Goossens kwamen onuitgenodigd de tuin van mevrouw Kapper binnen en probeerden haar te overtuigen zich te bekeren, zoals jehova's wel vaker doen. Mevrouw Kapper was daar niet van gediend en verzocht hen haar tuin te verlaten. Dat deden ze niet meteen. Ik geef toe dat mevrouw Kapper toen met stemverheffing heeft gesproken, maar ze heeft niet geduwd of iets dergelijks. Alleen even een hand op de schouder van mevrouw Goossens, maar dat was eerder vriendelijk. Dus… zo zit het. Als we mevrouw Kapper willen royeren is dat nergens op gebaseerd. Geeft alleen maar heel veel narigheid. En die hebben we al genoeg. Toch?'

Ger bromde iets wat op 'gelul' leek.

Fietje zei dat ze het helemaal met Emma eens was.

Bert aarzelde. Hij zag dat het pleit beslecht was in het voordeel van Roos, maar wilde zich toch even doen gelden en stelde voor beide partijen een waarschuwing te geven. 'Een waarschuwing kan nooit kwaad, toch?'

Daarmee was het onderwerp gesloten.

Toen de vergadering was afgelopen liep Emma met Fietje naar de kantine en informeerde hoe het met Harm ging.

Fietje schudde haar hoofd. 'Niet zo goed. Nou ja, een heel klein beetje beter.'

Emma zei dat ze het zo erg vond, voor iedereen maar vooral voor haar.

'Voor iedereen?' zei Fietje met een lichte aarzeling.

Emma knikte.

'Maar...' Fietje aarzelde opnieuw, 'het komt sommigen misschien ook wel een beetje goed uit.'

Emma wist even niet wat ze moest zeggen.

'Het is natuurlijk geen makkelijke man,' ging de vrouw van de voorzitter verder, 'maar hij... hij trok zich alle dingen heel erg aan. Hij wond zich heel erg op. Over de gemeente en zo... maar ook over andere tuinders.' Fietje keek weg van Emma en zei zacht: 'Ik denk dat hij daardoor die beroerte heeft gekregen.'

Emma haalde diep adem en wilde iets tegenwerpen, maar deed dat niet.

'Als dat zo is, dan spijt het me heel, heel erg, Fie.'

Fietje keek heel even op, maar antwoordde niet.

Ahmed zat te wachten op het bankje voor de kantine. Toen Emma naar buiten kwam liep hij met haar op. Eenmaal buiten gehoorsafstand van iedereen keek hij haar met een vals lachje aan.

'Zo, mevrouw Quaadvliegh, dus u was héél toevallig getuige van die ruzie?'

'Eh... soort van.'

'U zat gewoon een beetje te jokken, volgens mij.'

Emma bloosde.

'Dat had ik niet van u verwacht. U leek mij altijd zo'n integere vrouw.'

Emma gaf Ahmed een stomp tegen zijn schouder.

'Soms moet je voor een goede vriendin heel even je principes opzijzetten. En dat weet jij best, vervelende klier. Ga hier even een beetje roomser dan de paus lopen doen.'

Ahmed trakteerde Emma alleen maar op een brede grijns.

'En trouwens, jullie moslims hebben helemaal geen paus,' voegde Emma eraan toe.

'En nog meer trouwens,' antwoordde Ahmed, 'ik ben helemaal geen moslim.'

## 43

'Baklouce.'

'Baklouce?'

'Ja. Dat is een kruising tussen baklava en een tompouce.'

'Hoe kom je daar nou weer op?'

'Ene Emin, eh... Bakman of zoiets, heeft dat bedacht. Hij is een kruising tussen een kok en een kunstenaar. Vindt-ie zelf.' Meyra grijnsde.

Roos nam voorzichtig een hapje en trok onmiddellijk een heel vies gezicht.

'Dit is echt alleen te doen als je héél erg van tompouce en baklava houdt.' Meyra keek teleurgesteld. 'Nee hoor, schat,' lachte Roos, 'echt lekker. Niks meer aan doen, heel multiculti.'

Klavertje Vijf was bijeen in het huisje van Roos. De stemming was ondanks de baklouce toch enigszins bedrukt. Emma had verslag gedaan van haar laatste gesprek met Fietje.

'En ik weet natuurlijk wel dat je over de oorzaak van die beroerte weinig zinnigs kunt zeggen,' zei ze gelaten, 'maar Fietje denkt dat het komt door de problemen met de gemeente en door het geruzie met ons.'

De anderen bezwoeren Emma dat haar geen enkele blaam trof.

'Dat weet ik ook wel, maar het knaagt toch enorm aan me dat Fietje dat denkt, ook al is het niet waar. Dat maakt het niet minder verdrietig.'

Daarna bespraken ze het antwoord van de gemeente op de tweede brief van Rust en Vreugd, en deed Ahmed verslag van wat er in de bestuursvergadering was besproken.

'En dan is er komende zaterdag ook nog een vergadering van het actiecomité,' meldde Emma.

Er was voor Klavertje Vijf op dit moment geen rol weggelegd, was de conclusie.

De witte wijn bleef die middag in de koelkast.

Toen Emma terugkwam in haar huisje was ze somber. Ze plofte neer in haar luie stoel en zuchtte diep. Toen richtte ze zich voor het eerst in weken tot de portretfoto van haar overleden man.

'Het valt even niet mee allemaal, Thomas. Ik zit in het bestuur én in twee soorten actieclubs, ik vergader me een slag in de rondte, Fietje is verdrietig vanwege mij, de gemeente aast op onze tuintjes en ik heb nauwelijks tijd om te lezen.' Ze keek hem aan in zijn glimmende lijstje. 'En jij zegt ook niks.'

## 44

'Ik ben al dagen naar je op zoek, Em,' zei Cherrie.

Emma excuseerde zich. 'Ik ben even een paar dagen naar huis gegaan, het werd me allemaal een beetje te veel hier.'

'Snap ik, schat. Ik trek het af en toe ook niet meer. Eerst dat gedoe met de gemeente en daarna natuurlijk die ellende met m'n schoonvader. Boris is helemaal van slag vanwege zijn opa. En ik moet natuurlijk ook nog mijn schoonmoeder een beetje in de gaten houden en aan Ger heb ik ook niks. Lekker dus, allemaal.'

Emma informeerde hoe het met Harm ging.

'Hij gaat heel langzaam vooruit. Hij kan alweer een beetje gewoon eten. En hij krijgt weer wat kracht in zijn armen.'

'En zijn benen?'

'Hij kan nog niet lopen. Vooral de linkerkant doet het niet. En praten gaat ook heel moeilijk, maar eh... daar kom ik niet voor, Em. Ik vind dat we juist nu, in zo'n rottige tijd, ook aan de leuke dingen moeten denken, of eigenlijk juist aan de leuke dingen. Weet je nog dat we het hadden over de verkiezing voor tofste tuinder van het jaar? Nou, ik heb dus een soort brief opgesteld daarvoor, en die wil ik morgen in alle brievenbussen stoppen. Kun jij hem even nakijken? Voor de d's en de t's en zo.'

Dat wilde Emma wel, hoewel ze over de timing van Cherrie toch enigszins verbaasd was. Ze vouwde het A4'tje open.

*Aan alle tuinders van Rust en Vreugd*

*Het is heus niet altijd koek en ei op ons mooie tuinpark. En wat de een een mooie tuin vindt kan de ander wel lelijk vinden. Maar dat geeft niet want iedereen zijn smaak. En het alerbelangrijkste is dat we het gezellig hebben met elkaar.*

*Daarom hebben wij, ik en Emma, het plan bedacht voor de verkiezing van de TOFSTE TUINDER van het JAAR.*

*Iedere tuinder op Rust en Vreugd*
*krijgt 3 stembriefjes. Daarop moet je de 3 VERSCHILLENDE namen invullen van wie jij de*

*3 tofste en leukste en aardigste tuinmannen of tuinvrouwen van het jaar vindt. Je mag niet op jezelf stemmen en ook niet op je man of vrouw. En niet op kinderen. Verder mag alles.*

*Half september halen we alle stembriefjes weer op en op het Rust en Vreugd Slottuinfeest maken we bekend wie er heeft gewonnen.*

*De prijs is een heel mooi bord voor in de tuin en een mooie vaste plant. Maar vooral natuurlijk de EER om de TOFSTE tuinder te zijn.*

*Lieve groene groeten van Emma en Cherrie*

Emma had de brief met een glimlach gelezen.

'Toffe brief, schat. En alle d's en t's op de goede plaats. Een klein elletje ergens vergeten: "alerbelangrijkste" staat er. Verder een hele leuke brief. Er gaan vast een heleboel mensen stemmen.'

'Denk je?'

Emma knikte.

'Nog even over je schoonvader: is er al iets bekend over wanneer hij uit het ziekenhuis komt?'

'Ze willen eigenlijk dat-ie nu naar een soort verpleeghuis gaat om te revalideren, maar hij weigert dat pertinent. Woest was-ie toen de dokter dat kwam vertellen. Hij kan niet goed praten, maar nog wel goed boos zijn. Hij schreeuwde alleen maar "hee, hee, hee" dat was dus "nee,

nee, nee". Dus het zou me niks verbazen als-ie volgende week in een rolstoel hier de tuin op wordt gereden. Ma en Ger hebben nog geprobeerd hem te bedaren maar er was geen land mee te bezeilen. Je hoort wel eens dat mensen na een beroerte een ander karakter krijgen. Nou, dat is bij hem mislukt.'

'Dus de tofste tuinder gaat hij niet worden,' flapte Emma eruit. Ze schrok zelf een beetje van haar grapje, maar Cherrie moest er hartelijk om lachen.

## 45

'Wat krijgen we nou? Ga jij mij vertellen hoe mijn tuin eruit moet zien?'

Roos stond, licht voorovergebogen en met haar handen in haar zij, gevaarlijk dicht met haar hoofd bij dat van meneer Boekhorst, die voor de zekerheid een klein stapje achteruit deed.

'Ik ben tijdelijk gedetacheerd bij de tuincontrolecommissie,' zei hij bars, terwijl hij iets meer rechtop ging staan.

'O ja, en nou moet ik bang worden en bibberend mijn appelboompje gaan snoeien omdat er een paar takjes over het pad hangen. Wie denk je wel dat je bent?'

'Veiligheidscoördinator én tijdelijk voorzitter van de tuincontrolecommissie.'

'Maar dat was toch die andere kwibus, Ger van Velsen?'

'Ger van Velsen heeft tijdelijk de activiteiten van zijn vader overgenomen en is plaatsvervangend voorzitter van het bestuur. Daarom heeft hij mij gedetacheerd als zijn vervanger bij de tuincontrolecommissie.'

'Nou, heel toevallig weet ik dat hij géén voorzitter is, ook niet plaatsvervangend, maar dat doet er niet toe. Ik knip geen takje van mijn boompje af en als jij er met je fikken aankomt, dan knip ik er bij jou iets af.'

Dat leek Boekhorst geen prettig vooruitzicht. Hij was even van zijn stuk. Toen herpakte hij zich en hervond zijn beveiligerstoon.

'Bij dezen geef ik u een officiële waarschuwing betreffende de overtreding van de tuinregels en deel ik u mede dat ik hiervan een officiële melding ga maken bij het bestuur.'

Roos lachte smalend. 'En ik deel je mede dat je officieel mijn kont kan kussen.' Terwijl ze dat zei moest ze huiveren bij de gedachte.

Boekhorst salueerde nog net niet, maar draaide zich als een militair om en marcheerde weg.

'Bravo, meisje, bravo.' Charles had van een afstandje staan kijken en klapte enthousiast in zijn handen.

'Ik ben je meisje niet, Charles, maar verder hartelijk dank. Nu heb ik in ieder geval een getuige dat ik geen geweld heb gebruikt.'

'Het zal mij een buitengewone eer zijn om voor u in het strijdperk te treden,' zei Charles plechtig.

'Maar denk erom: geen dubbele tong in het strijdperk.'

'Dubbele tong?'

'Ja. Niet drinken als je voor me op moet komen.'

Charles keek nu enigszins bedenkelijk.

## 46

Naar aanleiding van de tweede brief van de gemeente had Bert Zijlstra, als secretaris van het actiecomité Handen af van Rust en Vreugd, alle leden uitgenodigd voor een spoedoverleg.

Niet erg efficiënt eigenlijk, mijmerde Emma toen ze op deze stralende zaterdagmiddag naar de kantine wandelde. Vorige week had ik een spoedvergadering over hetzelfde onderwerp met grotendeels dezelfde mensen, maar dan als bestuur. Dat hadden we handiger kunnen aanpakken.

Ze groette een paar bekende tuinders in de kantine, Fietje achter de bar en Charles, die sinds zijn terugkomst een vaste plaats had aan de bar, waar hij nu met koffiedrinken de tijd doodde tot hij zijn eerste biertje kon bestellen.

'Goedemiddag Emma,' groette Charles terug, 'je hebt het er maar druk mee, met het redden van Rust en Vreugd. Nog een geluk dat je voorlopig geen last meer hebt van onze hooggeachte voorzitter.'

Voor Emma kon antwoorden snauwde Fietje hem toe dat hij zijn mond moest houden. 'Mijn man heeft zich dertig jaar ingezet voor ons allemaal en wat is jouw bijdrage al die tijd geweest? Nou? Niks anders dan konkelen en commentaar geven. Je moest je kapot schamen.'

Charles viel bijna van zijn kruk af van ongeloof. De altijd stille en zenuwachtige Fietje was veranderd in een felle verdediger van haar man.

Ook Emma moest even van haar verbazing bekomen. Toen kon ze een glimlach niet onderdrukken. Ze gaf Charles een klopje op zijn schouder. 'Nou, Charles, die kan je in je zak steken.' Daarna stak ze een duim op naar Fietje, die zelf ook een beetje geschrokken leek van haar venijnige aanval. 'Heel goed, Fie.'

Fietje moest ervan blozen.

'Kom, ik ga me weer eens inzetten voor de redding van Rust en Vreugd,' zei Emma opgewekt. 'De vergadering gaat beginnen. Geen domme opmerkingen meer hè, Charles, want anders krijg je straks geen biertje van Fietje.' Ze gaf de laatste een knipoog.

'Er staat eigenlijk niks in,' constateerde Bert Zijlstra toen hij de brief van de gemeente aan de andere aanwezigen had voorgelezen. 'Nog geen besluit, oriënterende fase, besluitvormingsproces... blablabla. Niets meer dan weer een kluitje in het riet.'

De veranderingen in het optreden van Bert Zijlstra sinds de afwezigheid van Harm van Velsen waren opmerkelijk. Van een kruiperige angsthaas was hij veranderd in een voortrekker en initiatiefnemer. Emma sloeg het met verwondering gaande.

Aad nam het woord. 'Dit was te verwachten. We weten niet wat er in werkelijkheid achter de schermen al is besloten. Dus... wat wordt onze volgende stap?'

Hij keek het kringetje rond.

Ger keek een beetje glazig voor zich uit en Bella bestudeerde ongeïnteresseerd haar nagels. Vanaf het moment dat ze niet verkozen was als voorzitter van het actiecomité hulde ze zich voornamelijk in een nors stilzwijgen.

'Het antwoord van de gemeente openbaar maken en een advocaat zoeken,' stelde Ahmed voor.

Nu veerde Bella op. 'Mijn broer is advocaat,' meldde ze iets te hard. 'En een hele goede ook. Dus ik zal hem vragen.'

Emma aarzelde. 'Mag ik vragen wat voor advocaat?'

'Een hele goede, dat zeg ik toch.'

'Ik bedoel meer wat voor zaken hij zoal doet.'

'O. Nou, eh... vooral echtscheidingen.'

Er viel een stilte die doorbroken werd door Aad. 'Eh, het kan, denk ik, geen kwaad hem er eens naar te laten kijken. We kunnen, eh... hoe heet je broer, Bella?'

'Ahrend Jan.'

'We kunnen Ahrend Jan vragen of hij bij onze volgende vergadering aanwezig wil zijn.'

Bella zegde toe hem uit te nodigen. 'En ik zal hem briefen over de ins en outs van het conflict.'

Emma hield nu al haar hart vast. 'Als Ahrend Jan ook maar een beetje lijkt op zijn zus...' fluisterde ze naar Ahmed, die naast haar zat.

'Is er iets wat we niet mogen weten, Emma?' viel Bella scherp uit.

'Nee, nee. We kunnen alle hulp gebruiken die we kunnen krijgen.'

'Mooi, dat is dan besloten,' zei Aad. 'En ik stel voor het antwoord van de gemeente door te sturen naar onze contactpersoon met de pers. Wil jij dat voor je rekening nemen, Ahmed? Dan schrijf ik een brief aan alle tuinders over de laatste ontwikkelingen. Zijn er nog andere zaken die besproken moeten worden?' Aad keek het kringetje rond. 'Niet? Dan verklaar ik de vergadering voor gesloten. Dat noem ik nog eens efficiency.'

Alles bij elkaar had het overleg ruim twintig minuten geduurd en was alles besproken wat er te bespreken viel.

## 47

'Emma, wil je wat voor mij doen?'

'Natuurlijk.'

'Wil jij Rex vanmiddag uitlaten?'

'Met alle plezier. Vind ik leuk.'

Fietjes gezicht klaarde op. 'Weet je, ik moet tot half een bardienst draaien en daarna moet ik met Ger naar het ziekenhuis. Het loopt me allemaal een beetje over de schoenen.'

'Snap ik helemaal, schat. Maar waarom sla je niet eens af en toe een bardienst over? Om even wat tijd voor jezelf te hebben.'

Nee, dat vond Fietje geen goed plan. Met tijd voor zichzelf wist ze zich geen raad. Ze had liever dat af en toe iemand de hond uitliet. Ger deed het regelmatig, samen met Boris, maar die moest haar straks naar het ziekenhuis brengen. 'En Cherrie heeft niks met honden. En die gaat trouwens ook mee. Harm mag misschien morgen naar huis. Maar hij wil niet naar huis, hij wil per se naar de tuin. Dus hoe dat dan weer moet, in dat kleine huisje...'

Emma knikte meelevend.

'Eén ding, Fie... misschien moet je niet tegen hem zeggen dat ík op Rex pas. Dan windt hij zich alleen maar op.'

'Hoezo?'

'Nou, eh... ik ben natuurlijk niet Harms beste vriend.'

Dat snapte Fietje. Ze zou wel iets bedenken.

'Gaat Boris trouwens mee naar het ziekenhuis?' vroeg Emma. 'Anders kan hij helpen met het uitlaten van de honden.'

Boris had er heel diep over moeten nadenken, maar hij vond honden uitlaten toch leuker dan naar zijn opa in het ziekenhuis gaan en dus kwam Fietje die middag zowel haar kleinzoon als haar hond brengen.

'Misschien is het het beste als jij Nelson neemt en ik Rex,' stelde Emma voor toen ze uit wandelen gingen.

'Waarom?'

'Omdat Rex harder trekt.'

Boris vond dat duidelijk een reden waar weinig vertrouwen uit sprak.

'Maar ik ben heel sterk, hoor.'

'Nou en of. Maar…' Emma kon zo gauw geen goed weerwoord bedenken, maar gelukkig koos Boris zelf voor de veilige oplossing. 'Maar ik denk dat Nelson het graagst met mij wil.'

Ze gingen het hekje van Emma's tuin door en dertig seconden later zaten de twee hondenriemen hopeloos om elkaar en om Boris en Emma heen gedraaid. Ze moesten er allebei onbedaarlijk om lachen.

Toen de riemen eindelijk weer uit de knoop waren, gingen ze elk aan een kant van het pad lopen.

'Wat fijn, hè, dat je opa gauw weer thuiskomt.'

Boris knikte maar keek toch bedenkelijk.

'Of denk je van niet?'

Het manneke zuchtte diep. 'Opa is nog niet echt beter. Hij kan nog niet goed lopen. En ik denk ook dat-ie nog geen pannenkoeken kan bakken. Dat wordt nog een enorm gedoe.'

'Hoezo, gedoe?'

'Dat zei papa. Die zei: dat wordt nog een enorm gedoe.'

Emma legde uit dat het in het begin wel een beetje moeilijk zou zijn met opa, maar dat hij langzaam maar zeker vast weer dezelfde oude, gezellige opa zou worden.

'Hoe langzaam?' wilde Boris weten, maar dat wist Emma niet.

'Je moet wel geduld hebben, Boris, en heel lief zijn voor opa.'

'Wij zijn altijd lief voor elkaar, ik en opa.'

Emma moest even slikken.

'Kunnen we de honden al loslaten, denk je?'

Boris dacht van wel.

Even later draafden de twee honden heen en weer achter elkaar aan en rende Boris zijn beentjes uit zijn lijf om bij ze in de buurt te blijven.

Na een paar minuten gaf hij het op.

'Laat ze maar even,' zei hij wijsneuzig.

## 48

'En nu heb ik er nog maar drie.' Sjoerd keek erbij alsof er een dierbare vriend was overleden.

Hij had zojuist aangeklopt bij Roos om verslag te doen van zijn ongelukkige carrière als kippenhouder. Hij had een grote boodschappentas bij zich waaruit af en toe een wild gefladder klonk.

'Waarom kom je steeds bij mij klagen over die beesten?' vroeg Roos geprikkeld.

‘Omdat ik van jou kippen moest houden,’ mopperde Sjoerd.

‘Nee, nou wordt-ie mooi, zeg. Je moest helemaal niks van mij. Alleen maar minder drinken. En iets omhanden hebben als afleiding. Bijvoorbeeld kippen.’

Sjoerd keek ongelukkig. ‘In ieder geval heb ik er nu nog maar drie. Bij die storm van gisteren is het halve kippenhok ingestort en is er een kip onder een balk terechtgekomen.’

Hij hield voorzichtig de tas een klein stukje open en liet Roos erin kijken.

‘Zie je? Haar ene vleugel is lam, die hangt er een beetje bij. Wat denk je, moet ik haar afmaken?’

‘Ik ben geen dierenarts. Maar die vleugel ziet er inderdaad een beetje… nou ja, een beetje slapjes uit. Aan de andere kant, hij hoeft er niet mee te vliegen. Hij kan er nog prima mee wandelen.’

‘Het is een zij.’

‘Hoe is het met de rest?’

‘Een zat er nog in dat ingestorte hok en twee waren er weg. Daarvan heb ik er een teruggevonden in de tuin maar die andere dreef in de sloot. Hoe dat nou weer kan…’

Roos had medelijden met Sjoerd, die zo zijn best deed om iets nuttigs met zijn tijd te doen en de fles te laten staan, in ieder geval tot het eind van de middag.

‘Sorry van die kippen. En ook sorry dat ik heb gezegd dat je misschien kippen moest gaan houden. Is er niks anders wat je leuk vindt? Om iets omhanden te hebben?’

Sjoerd haalde langzaam zijn schouders op.

'Vissen, is dat iets?' vroeg Roos. 'Een mooie vijver in je tuin met goudvissen.'

Sjoerd schudde van nee.

'En een cursus of zo? Schilderen of bloemschikken, gitaarspelen, weet ik veel.'

Het bleef een tijdje stil. Sjoerd staarde naar zijn voeten. 'Laat maar zitten, je hebt je best gedaan,' zei hij toen en hij slofte weg. Een paar meter verder draaide hij zich om.

'Ik bedenk opeens iets... als ik nou een haan neem, dan kunnen die kippen eieren uitbroeden en dan komen er nieuwe kuikentjes. Dan is het niet zo erg als er af en toe een kip doodgaat.'

'Jaaa, dat is een goed idee,' zei Roos smalend.

'Meen je dat?' vroeg Sjoerd opgetogen.

'Nee, natuurlijk niet. Een haan kraait toch! Heb je binnen de kortste keren het halve park op je dak vanwege geluidsoverlast. Draait er iemand 's nachts die haan zijn nek om.'

Sjoerd schrok van haar felheid.

'Je hoeft niet boos te worden. Het was maar een idee.'

'Sorry. Maar ik zeg het voor je eigen bestwil.'

'Ja ja,' zei Sjoerd zacht. Hij draaide zich opnieuw om en liep weg. 'Wat is nou eigenlijk mijn bestwil?' mompelde hij.

# 49

De krant opende met, in vette letters, de kop: **RUST EN VREUGD IN VREDE?**

Daaronder in een iets kleinere letter: 'Onderbouwing plannen gemeente ontbreekt'.

De journalist had zijn werk grondig gedaan in een groot tweede artikel. Niet alleen schetste hij het belang van volkstuinen in het algemeen en de waarde van Rust en Vreugd in het bijzonder, maar ook trok hij de noodzaak om juist op het terrein van Rust en Vreugd een parkeerplaats aan te leggen in twijfel. Er waren ook andere opties, had hij onderzocht.

'Het opofferen van een flink stuk van een prachtig, bijna tachtig jaar oud park is de minst wenselijke oplossing van een probleem dat de gemeente zelf heeft gecreëerd. Terecht dat de tuinders, van wie sommigen al tientallen jaren lid zijn, hun park niet zonder slag of stoot opgeven.'

Nadat hij de laatste zin hardop had voorgelezen, overhandigde Bert de krant aan Emma en keek haar tevreden aan.

De interim-voorzitter deed een rondje over het park met een stapeltje kranten onder zijn arm. Hij ging langs alle bestuursleden en leden van het actiecomité om ze een exemplaar te overhandigen.

Toen hij wegliep keek Emma hem na.

'Tjee, wat is die man veranderd.'

# 50

Harm had erop gestaan vanuit het ziekenhuis naar zijn tuinhuisje gebracht te worden en vandaag was de dag. Ger en Fietje gingen hem ophalen in de stationcar van Ger. Daar kon de rolstoel makkelijk in.

Fietje had Emma gevraagd om haar bardienst over te nemen.

'Natuurlijk, schat, dat doe ik met liefde voor je,' had Emma geantwoord, maar de waarheid was dat ze helemaal geen zin had om voor een paar kopjes koffie een halve dag in de kantine rond te hangen. Om de tijd aangenamer door te komen had ze haar boek meegenomen om tussen de enkele bestellingen door in een stoel achter de bar te kunnen lezen.

Ze keek op de klok. Het was nu twaalf uur en om twee uur zou ze afgelost worden door Irma Bijl. Fietje had gezegd dat ze Harm om twaalf uur gingen halen. Die kon dus over een half uurtje arriveren.

Emma staarde naar buiten. Het regende al de hele ochtend. In de verte zag ze een grote witte paraplu en een klein rood parapluutje aan komen lopen over het pad: Cherrie en Boris.

Even later stonden ze nadruipend in de kantine.

Cherrie gaf Emma een knuffel en Boris volgde haar voorbeeld.

'Jee, wat heb jij een grote laarzen aan, Boris.'

Boris knikte trots.

'Hij moest en zou de laarzen van zijn opa aan,' zei zijn moeder hoofdschuddend.

'O, waarom, Boris?' vroeg Emma.

'Dat is leuk voor opa, want we gingen een keer voor de grap elkaars laarzen aantrekken en toen hebben we heel erg gelachen. Dus dan moet hij weer lachen als hij mij ziet.'

Cherrie bestelde koffie en een limonade. 'Ik kreeg net een appje van Ger. Ik verwacht ze met een kwartiertje. Dan kan het feest beginnen, maar niet heus.'

Ze keek liefdevol naar haar zoon, daarna naar Emma en weer terug.

'Ga jij maar even naar de speelhoek, schat,' en ze wees naar een hoek van de kantine.

'Ik hoef niet te spelen, ik wacht op opa.'

Cherrie dacht even na. 'Weet je, misschien is het toch wel een goed idee dat Rex erbij is als opa aankomt.'

'Dat zei ik toch, mam,' zei Boris verontwaardigd.

Cherrie gaf hem een sleutel. 'Ga hem maar halen. Maar doe voorzichtig, hè. Hou hem goed vast.'

Met een gezicht alsof dat geen enkel probleem was pakte Boris zijn parapluutje en stapte de regen in.

Zodra hij buiten gehoorsafstand was begon Cherrie haar klaagzang. Ze was woedend dat haar schoonvader dacht hier op Rust en Vreugd te kunnen revalideren.

'Hij kan niet lopen, zijn ene arm kan-ie niks mee en hij

is ook nog eens onverstaanbaar. Moet Fie hem voeren en te drinken geven, Ger hem op de pot zetten en moeten we hem in en uit bed tillen, bijna honderd kilo. En vier keer per dag die hond uitlaten.'

Emma bood aan met dat laatste te helpen. 'Verder lijkt het me beter voor het genezingsproces dat ik uit zijn buurt blijf.'

Cherrie slaakte een diepe zucht. Emma sloeg een arm om haar heen. Zo bleven ze zwijgend zitten tot de deur van de kantine openging en Boris, van top tot teen onder de modder, in de deuropening stond terwijl hij probeerde Rex naar binnen te trekken.

'Boortje, wat zie jij eruit. Wat is er gebeurd?' vroeg Cherrie verschrikt.

'Het komt door die stomme laarzen,' jammerde hij, 'daardoor ben ik twee keer gestrokeld toen Rex ging trekken. Anders had ik hem heus wel gehouden.'

Emma en Cherrie trokken gezamenlijk zijn drijfnatte jas uit en boenden zijn handen en gezicht schoon. Boris stond erop zijn laarzen aan te houden.

'Zo,' zei Emma, 'gelukkig ben je weer een beetje schoon, anders herkent opa jou straks helemaal niet, dan denkt hij: wie is dat moddermannetje?'

'Echt?' Boris haalde opgelucht adem.

Tien minuten later reed de stationcar van Ger het park op en stopte voor de ingang van het terrasje. Ger stapte uit, daarna zijn schoonmoeder vanaf de achterbank. Ger opende de achterklep en tilde met enige moeite een rolstoel uit de achterbak. Inmiddels was het portier van de passagiersplaats opengezwaaid. Harm keek ongeduldig waar zijn zoon bleef en tilde moeizaam een been uit de auto. Zijn andere been trok hij er aan zijn broekspijp uit. Nu zat hij met zijn lijf een kwartslag gedraaid, half uit de auto, in de stromende regen.

Achter de auto stond Ger te ploeteren om de rolstoel uit elkaar te klappen, te vergrendelen en de voetsteunen op hun plaats te krijgen.

'Och gut,' zei Emma vol medelijden.

Cherrie schudde haar hoofd, pakte haar paraplu en liep naar buiten om hem boven het hoofd van haar schoonvader te houden. Fietje stond een meter ernaast onbeholpen drijfnat te worden.

Even later hees Ger zijn vader in de rolstoel en trok deze samen met zijn vrouw moeizaam over het grindpad naar de kantine. Eenmaal binnen reden ze de rolstoel naar het tafeltje waar Harm meestal zat met zijn kopje koffie. Boris had al die tijd bedremmeld staan kijken, terwijl hij intussen uit alle macht de riem van Rex vasthield. Nu hield hij de hond niet meer en deze stormde op zijn baas af en sprong wild tegen de rolstoel op. Harm vertrok zijn gezicht in een grimas en maakte onverstaanbare geluiden naar zijn hond. Toen kwam ook Boris naar zijn opa gerend. 'Heee, opa, kijk!' en hij wees op de laarzen.

Harm maakte een geluid dat op lachen leek, sloeg zijn goede arm om zijn kleinkind heen en samen bleven ze secondelang zo zitten.

## 51

'Je zou het bijna vergeten, maar een tuin is om in te zitten lezen,' verzuchtte Emma.

'Ho ho, en om koffie in te drinken met je lievelingsbuurvrouw,' protesteerde Roos, 'of, liever nog, wijn.'

'Sorry, schat. Natuurlijk ook om met je vriendin in te zitten. En te niksen.'

Ze zaten enige tijd met hun ogen dicht van de zon te genieten.

'Ik hoorde dat Harm terug is,' zei Roos, 'heb jij hem al gezien?'

'Ja.' Emma deed verslag van de rentree van Harm van Velsen op het tuinpark. 'Ik had enorm medelijden met hem,' besloot ze haar verhaal.

'Nou zeg, dat we toch nog eens medelijden met die bullebak zouden hebben, wie had dat gedacht?'

'Het was ook de combinatie van Harm en kleine Boris en die vrolijke hond die het zo hartverscheurend maakte.'

Ze zwegen even.

'Harm is een kasplantje geworden. Een woedend kasplantje,' zei Emma. 'Die machteloosheid…'

Roos probeerde het zich voor te stellen. Het kostte haar zichtbaar moeite.

'Je thee is koud geworden, Em, wil je nieuwe? Want er zijn twee hele erge dingen: kouwe thee en warme wijn.' Roos goot de koude thee in de struik naast haar en schonk nieuwe in.

'Mogen wij even storen, dames?'

Frija en Sef stonden voor het tuinhekje.

'Nee hè,' siste Roos haar vriendin toe.

'Je gedraagt je, hoor,' fluisterde Emma terug.

Om te voorkomen dat het duo haar tuin in kwam, stond Roos op en liep naar ze toe. Emma volgde haar.

'Zeg het eens, geachte medetuinders,' zei Roos overdreven.

'Wij hebben een petitie opgesteld,' begon Sef, 'of eigenlijk drie, en we hoopten dat jullie die zouden willen tekenen. Of eigenlijk rekenen we een klein beetje op jullie.'

'Toe maar! Drie petities tegelijk. En waar gaan die petities dan wel over?' informeerde Roos.

'De eerste petitie betreft het aanvragen van het Nationaal Keurmerk Natuurlijk Tuinieren.'

'Dat is meteen een hele mond vol,' zei Emma, die naast haar vriendin was komen staan. 'En waar gaan petitie twee en drie over?' vroeg ze vervolgens, misschien net iets te vriendelijk.

Sef en Frija keken een beetje achterdochtig.

'De tweede betreft het rookvrij maken van ons park en de derde gaat over het vlindervriendelijk maken.'

Roos en Emma keken elkaar aan.

'Oei,' zei Roos toen, 'ik ben van nature best wel woke, maar dit is wel heel veel in één keer. Ik word acuut een beetje woke-moe.' Het echtpaar aan de andere kant van het hekje keek Roos een beetje verbaasd aan. 'Wat vinden jullie trouwens van de wolf?' ging Roos verder. 'Moet er plaats zijn voor wolven op Rust en Vreugd? Een paar roedeltjes? Misschien iets voor een petitie?'

Het drong langzaam tot het echtpaar door dat ze niet helemaal serieus werden genomen.

'Onze petities zijn niet om grapjes over te maken,' zei Frija ijzig, 'het gaat om het behoud van de natuur.'

'Weet je wat jullie met die petities kunnen doen?' vroeg Roos geërgerd.

Hoog tijd om in te grijpen, besloot Emma, en ze legde even haar hand op de mond van haar vriendin.

'Natuurlijk zijn wij erg voor het behoud van de natuur,' zei ze sussend, 'maar we kunnen dat ook zijn zonder keurmerk. En wie wil er nou geen vlinders in zijn tuin? Wat het roken betreft: iedereen moet, wat mij betreft, zelf weten of hij of zij in zijn tuin een sigaretje opsteekt, zolang de rook maar niet ongevraagd in iemands gezicht wordt geblazen. Gewoon een beetje rekening houden met elkaar.'

'Dus jullie tekenen niet?' vroeg Sef boos.

'Nou, de vlinderpetitie wel, de rookpetitie niet en over het keurmerk moet ik nog even nadenken. Maar ik spreek natuurlijk voor mezelf. Wat vind jij, Roos?'

Roos had moeite haar lachen in te houden. Ze trok een scheve mond.

'Ik sluit me bij de vorige spreker aan.'

'Als jullie alleen de vlinderpetitie willen tekenen dan hoeft het voor mij niet,' zei Sef boos, maar zijn vrouw had hun de vlinderpapieren al toegestoken. Even leek het erop dat Sef ze uit de handen van zijn vrouw zou grissen, maar op het laatste moment hield hij zich in, draaide zich om en liep weg zonder te groeten. Frija aarzelde maar hield Emma en Roos toch de lijst voor.

Ze zetten allebei een zwierige handtekening.

'Sorry, hoor,' verontschuldigde Frija zich voor haar man.

'Geeft niks,' suste Emma.

Frija groette zachtjes en haastte zich achter haar man aan.

'Veel succes nog!' riep Roos haar iets te sarcastisch na.

Emma gaf Roos een bestraffend klapje op haar achterhoofd.

## 52

Er was een brief van de gemeente gekomen. Aad had als voorzitter van het actiecomité aan Bert, de plaatsvervangend voorzitter van het bestuur, voorgesteld om deze in een gezamenlijke vergadering te bespreken, uit oogpunt van doelmatigheid. Bert had ingestemd en iedereen uitgenodigd.

Dus toog Emma voor de vierde zaterdagmiddag in korte tijd naar de kantine.

Fietje had vooraf drie tafels aan elkaar geschoven en er negen stoelen omheen gezet. Het paste allemaal maar net in de bestuurskamer.

Toen Emma binnenkwam zaten er al twee mensen: Bella de Winter en een onbekende man.

'Ik wil je graag voorstellen aan mijn broer, mr. Ahrend Jan de Winter, de nieuwe advocaat van Rust en Vreugd,' zei Bella met een minzaam lachje.

Emma fronste even haar wenkbrauwen. Ahrend Jan gaf haar een slap handje. 'Aangenaam kennis te maken.'

Steeds als er iemand binnenkwam herhaalde dit ritueel zich. Toen Fietje als laatste de bestuurskamer binnenstapte met twee thermoskannen in haar hand, bleef ze verbaasd staan en keek bedremmeld rond. Er was voor haar geen stoel meer vrij. De onverwachte gast had haar plaats ingenomen.

Ahmed redde de situatie door Fietje zijn plaats aan te bieden en een extra stoel uit de kantine te halen.

Bert opende de bijeenkomst. 'In overleg met Aad zit ik de vergadering voor en heet ik speciaal Ahrend de Win–'

'Ahrend Jan,' verbeterde Bella hem.

'Heet ik Ahrend Jan van ha–'

'Meester.'

Bert negeerde Bella. '... van harte welkom op deze bijeenkomst.' Hij knikte vriendelijk naar de nieuwkomer. Die beschouwde dit als een uitnodiging om het woord te nemen.

'Mijn naam is Ahrend Jan de Winter, meester in de rechten, met een brede expertise, ook op het vlak van bestuursrecht. Ik ben gevraagd door Bella om Rust en Vreugd terzijde te staan in hun zaak tegen de gemeente. Ik heb inmiddels contact gehad met...'

'Sorry dat ik u even onderbreek, maar we lopen misschien iets te hard van stapel,' onderbrak Aad hem. 'Ik ging ervan uit dat dit een kennismakingsbijeenkomst was.'

'Ja, dat is het ook,' antwoordde Bella.

'Om uit te zoeken of we van de diensten van Ahrend Jan gebruik willen maken,' ging Aad onverstoorbaar verder.

'Ik vertegenwoordig u pro Deo, als u dat soms bedoelt,' kwam de advocaat ertussen, 'ik reken slechts een onkostenvergoeding.'

'Ik bedoel meer dat we even moeten kijken of we op één lijn zitten in deze zaak. Wat is uw plan van aanpak?'

Het bleef een poosje stil.

'Mijn plan van aanpak...' Ahrend Jan dacht na. 'Daarvoor moet ik eerst wat meer informatie hebben.'

'Die komt dan onder andere in de vorm van de brief van de gemeente die we vandaag met elkaar moeten bespreken,' redde Bert de situatie voor de advocaat, en hij stak van wal met een samenvatting van de hoofdpunten in de brief. De ambtenaar ruimtelijke ordening stelde namens de gemeente voor om op korte termijn een voorlichtingsbijeenkomst te beleggen voor de tuinders van Rust en Vreugd om de plannen van de gemeente nader toe te lichten. De gemeente stelde voor deze bijeenkomst plaats te laten vinden op maandagavond over twee weken ten stadhuize. De wethouder zou de vergadering voorzitten.

Bert keek de kring rond. 'Wat vinden we hiervan?'

'Een uitstekend voorstel,' meende Ahrend Jan.

'Nou...' Emma liet even een stilte vallen, 'mij lijkt het beter om te kiezen voor een thuiswedstrijd.'

'Thuiswedstrijd?' herhaalde Bella sullig.

'Ja. Op zaterdagmiddag. Hier in de kantine. Onder voorzitterschap van Bert. Zo veel mogelijk de touwtjes in eigen handen houden.'

Ze kreeg bijval van iedereen, zelfs van Bella. Alleen de advocaat zweeg.

Bert en Aad namen het op zich een antwoord aan de gemeente te formuleren en de wethouder uit te nodigen op Rust en Vreugd.

Over de diensten van Ahrend Jan werd verder gezwegen.

## 53

'Kan-ie niet harder, opa?'

Boris liep over het grindpad van zijn opa's huisje naar de kantine. Hij moest zich regelmatig schrap zetten om te voorkomen dat Rex hem omvertrok. Dan weer stond hij stil, dan weer schoot hij vooruit.

Naast hem reed, tergend langzaam, zijn opa in een elektrische rolstoel. De oude rolstoel was ingeruild voor dit nieuwe exemplaar. Tegen al het grind op de paden van Rust en Vreugd viel niet op te duwen en met deze elektrische uitvoering had Harm zijn vervoer in eigen hand.

Wel in zijn verkeerde hand. Hij had namelijk de pech dat zijn zoon een rolstoel had uitgezocht met bediening voor de rechterhand. Dat was Harms verlamde hand. Totdat de rolstoel geruild kon worden, moest hij hem met zijn linkerhand bedienen.

Harm was niet bepaald handig als het om techniek ging en de joystick waarmee hij zijn wagentje moest besturen reageerde nogal bruusk.

'Opa, kom je?' Boris en Rex hadden een kleine voorsprong genomen.

Harm vloekte onverstaanbaar en gaf een woedend rukje aan de hendel. De kar schoot vooruit, op de omheining van een tuin af. Harm schrok en stuurde scherp naar links, recht op een kleine, ondiepe greppel voor de afvoer van regenwater af. Hij wilde remmen maar haalde de hendel in paniek naar de verkeerde kant, waardoor de rolstoel nog versnelde.

'Opa!' schreeuwde Boris en hij sloeg zijn handen voor zijn ogen.

Door een spleetje tussen zijn vingers zag hij dat zijn

grootvader met één wiel in de greppel terechtkwam, overhelde naar links, tergend langzaam omsloeg en in de heg net aan de andere kant van de greppel belandde.

Daar bleef hij versuft liggen.

Rex was in een paar seconden ter plaatse en begon zijn baas in zijn gezicht te likken. Die probeerde hem weg te duwen. Boris huilde en riep om zijn vader en moeder.

De eerste hulpverlener die opdook was Charles. Hij schrok enorm en boog zich over Harm, die half in zijn rolstoel zat en half in de heg hing.

'Gaat het? Kan je je armen en benen nog bewegen?'

Harm keek verdwaasd in het gezicht recht boven het zijne. En daarna om zich heen. Even leek hij niet te beseffen wat er aan de hand was, maar daarna gaf hij een enorme, onverstaanbare snauw naar Charles, die achteruitdeinsde.

'Wat is er gebeurd?' Irma Bijl was aan komen rennen en knielde bij de omgevallen rolstoel op de grond.

'Ik denk dat hij is omgevallen,' zei Charles sullig.

Samen begonnen ze aan Harm en zijn rolstoel te sjorren in een poging man en stoel weer overeind te krijgen. Boris stond er nog steeds onbedaarlijk bij te huilen. Rex hield niet op met blaffen.

'Hij is te zwaar,' kreunde Charles, 'we hebben assistentie nodig.'

Irma sprong op om helpende handen te zoeken.

Er liep een klein straaltje bloed van Harms slaap over zijn wang naar beneden. Charles pakte zijn zakdoek en depte voorzichtig het wondje. Harm probeerde Charles af te weren, maar hij lag boven op de arm die niet verlamd was en kwam niet verder dan het uitstoten van woedende geluiden.

Irma kwam weer aangehold met in haar voetspoor haar man Henk. In de verte verscheen ook Cherrie.

Even later zat een modderige, verkreukelde Harm weer in zijn stoel en snikte Boris na in de armen van zijn moeder. Langzaam zette de stoet zich in beweging naar het huisje van Harm. Voorop Harm in de rolstoel, geduwd door Henk en Irma, daarachter Cherrie en haar zoontje en als laatste in de rij Charles, die onwennig Rex aan de lijn hield.

## 54

'In deze hectische tijden vergeten we soms bijna dat we voor ons plezier hier een huisje hebben en daarom heb ik jullie vandaag uitgenodigd voor een gezellig klein hapje.'

Er was nauwelijks plek voor de glazen, zo vol stond de tafel met allerhande heerlijkheden.

'Als dit een klein hapje is, weet ik niet hoe een hele maaltijd eruitziet. Dan staan de gerechten zeker tot buiten,' zei Erik.

Meyra keek tevreden het kringetje rond. Het was een beetje proppen, maar alle leden van Klavertje Vijf pasten net rond de mooi gedekte tafel.

'Een etentje om de moed erin te houden,' vulde Ahmed aan.

Roos grijnsde. 'Eerst maar eens een wijntje om de moed erin te houden.'

Meyra ging rond met de fles en er werd getoost. 'Op Klavertje Vijf.'

'Zeg Erik, heb je eigenlijk ooit nog iets gehoord van Van Beek junior?' informeerde Emma.

Erik vertelde dat hij nog twee keer had geprobeerd contact op te nemen, maar dat de telefoon niet werd opgenomen en het verzoek om terug te bellen werd genegeerd.

'Jammer dat het zo'n bange man is. Maar intussen heeft hij er wel voor gezorgd dat we nu kunnen vechten voor ons mooie park. Anders hadden we van niks geweten. Onze gemeenteraad opereert het liefst in het geheim, lijkt het wel.'

De borden werden volgeschept en de fles ging nog eens rond.

De stemming werd langzaam uitgelaten. Er werd gelachen en zelfs even gezongen, toen Erik 'De Internationale' inzette: 'Ontwaakt verworpenen der aarde...' En toen viel er een stilte, gevolgd door een lachbui, want niemand wist de tweede regel.

Het was al laat toen Ahmed zijn hand opstak. 'Ik zou het bijna vergeten, maar de gemeente heeft van ons bestuur een uitnodiging gekregen om naar Rust en Vreugd te komen. Volgende week zaterdag is het zover, dan komt de wethouder in het hol van de leeuw,' meldde hij met luide stem.

Roos klom op een stoel en als Meyra haar niet had vastgepakt, was ze er aan de andere kant meteen weer af gekukeld.

'Lieve vrienden,' zei ze met dikke tong en haar hoofd half in de lampenkap, 'we laten ons niet kisten en al helemaal niet wegjagen. Kom maar op, slampampers van de gemeente. We lusten jullie…' er ontsnapte haar een hikje, '… rauw met ma-mayonaise. De slag om Rust en Vreugd is begonnen.'

De andere vier leden van Klavertje Vijf juichten haar hartstochtelijk toe. Ze stak haar handen in de lucht, verloor haar evenwicht, greep de tafel vast en viel half in het restant van de zalmsalade. Ze moest er zelf erg om lachen, likte een klodder salade van haar hand, stak een vuist omhoog en riep heel hard: 'De dood of de gladiolen!'

Gevolgd door een keiharde boer.

## 55

Boekhorst liep als een stramme bewaker over het tuinpark. Handen op de rug en speurend naar ongeregeldheden. Tot zijn teleurstelling zag alles er eigenlijk uit om door een ringetje te halen, althans de paden en de perkjes die niet bij een tuin hoorden.

Of wacht eens, wat zag hij daar?

Hij bukte zich en haalde een tuinhandschoen uit zijn

zak, trok hem aan en hield twee seconden later een halve boterham tussen duim en wijsvinger omhoog.

'Aha!'

Hij liep een stukje terug, ging het hekje van de naastgelegen tuin binnen en klopte stevig op de deur.

Het duurde even voordat er werd opengedaan en Charles in een groezelige ochtendjas in de deuropening verscheen. Hij keek eerst verbaasd en toen geïrriteerd.

'Wat wil je van mij, Boekhorst? Het is nogal vroeg voor een kletspraatje.'

'Het is kwart voor tien en ik klop bepaald niet aan voor een kletspraatje,' zei Boekhorst met zijn meest barse stem. 'Wat is dit?' Hij hield de halve boterham voor de neus van Charles.

Die trok zijn neus op en deed een stapje achteruit. 'Een boterham, dunkt mij.'

'Om precies te zijn: een halve boterham,' zei Boekhorst en hij liet een veelbetekenende stilte vallen.

'Ja. En wat heb ik daarmee van doen?'

'Deze halve boterham heb ik in jouw heg gevonden en je weet waar we overlast van hebben...'

'Vooral van jou, op dit precieze moment.'

'Van ratten. Het stikt hier van de ratten, omdat tuinders zoals jij zo slordig zijn dat ze overal etensresten laten slingeren. Zoals deze boterham in jouw heg.'

Charles wist van verontwaardiging even niets te zeggen.

'Ik wil het deze keer bij een waarschuwing laten,' zei

Boekhorst alsof hij opeens een vriendelijke veldwachter was.

Charles ontplofte. 'Ik zal jou eens waarschuwen. Als je het nog één keer waagt mij lastig te vallen over een halve boterham die je ergens hebt gevonden en die helemaal niet van mij is, dan... dan...' Hij zocht naar een vreselijke vergeldingsmaatregel, maar kon er zo snel geen vinden.

'Hij lag op jouw terrein. Deze heg hoort bij jouw tuin. Dus ben jij verantwoordelijk voor het afval dat daar aangetroffen wordt.'

Charles liep rood aan. 'Dus als ik een vrachtwagen met stront in... in... in...' van drift ging hij stotteren, '... jouw tui... tuin stort moet jij dat opruimen? Nou, hou je tuin dan maar goe... goed in de gaten. En nou opgeflikkerd, je staat op privé-eigendom.'

Boekhorst opende zijn mond om iets terug te zeggen, maar Charles deed dreigend twee stappen naar voren en de veiligheidsman begreep dat dit niet het juiste moment was om op zijn strepen te gaan staan. Hij draaide zich om, liep de tuin af en sloot het hekje achter zich. Zodra hij weer op neutraal terrein was, trok hij de schouders nog eenmaal recht.

'Ik zal bij het bestuur melding maken van wangedrag,' sprak hij zo formeel mogelijk. Daarna keerde hij hem de rug toe en schreed weg.

Daardoor zag hij niet dat Charles hem bijna een hark achterna gooide.

# 56

De kantine zat een kwartier voor aanvang van de extra ledenvergadering al helemaal vol. Sjoerd maakte zich verdienstelijk door terrasstoelen naar binnen te dragen zodat de mensen niet hoefden te staan. Roos informeerde toen ze binnenkwam terloops naar het welzijn van zijn kippen, maar daar wilde hij niet over praten. Fie stond met Cherrie achter de bar. Voor de bar verdrongen de mensen zich om koffie en thee.

Iets voor elf uur kwamen Bert, Emma en Ahmed uit de bestuurskamer en namen plaats achter de geïmproviseerde bestuurstafel. Emma zwaaide naar Roos, en Ahmed wenkte Fietje. Er hing een nerveuze spanning in de lucht.

Bert sloeg voorzichtig met zijn voorzittershamer op tafel. Iedereen praatte door. De tweede keer sloeg hij juist iets te hard, zodat Emma en Fietje, die naast hem zaten, achteruitdeinsden. Bert maakte een excuusgebaar en schraapte zijn keel.

‘Ik open graag de vergadering met een aantal belangrijke mededelingen. Ten eerste wil ik onze voorzitter, Harm van Velsen, hartelijk welkom terug heten.’ Bert wees naar de voorste rij, waar Harm in zijn rolstoel zat. Hij reageerde niet op zijn naam en keek naar zijn handen, die in zijn schoot lagen. Naast hem zat zijn zoon Ger, die strak voor zich uit keek. ‘Harm is gelukkig weer aan de beterende hand na een heel zware tijd, en we zijn blij dat hij weer in ons midden is.’

Er klonk een beleefd applausje. Harm keek even langzaam naar links en rechts, maar leek niet te beseffen wat er gebeurde.

'Ten tweede,' ging Bert verder, 'wil ik de vertegenwoordiger van de gemeente welkom heten, de heer Brandenburg.' Bert wees naar een kalende vijftiger op de eerste rij. 'De heer Brandenburg is ambtenaar op de afdeling Infrastructuur. Hij is hier om de plannen van de gemeente toe te lichten.'

'Men had ons toch toegezegd dat de wethouder zelf zou komen,' riep Charles van achter uit de zaal.

Bert knikte zenuwachtig. 'De wethouder heeft helaas vanmorgen af moeten zeggen.'

'Omdat zijn dochtertje moest afzwemmen,' mompelde Ahmed.

'Wat zeg je?' vroeg iemand voor in de zaal.

'Omdat zijn dochtertje moest afzwemmen,' herhaalde Ahmed nu luider, 'tenminste, dat heb ik begrepen van de heer Brandenburg. Dat klopt toch?' Hij keek naar de ambtenaar. Die knikte gegeneerd.

Er werd verontwaardigd gesputterd.

Meneer Brandenburg viel met zijn donkerblauwe pak, overhemd, stropdas en glimmende zwarte schoenen nogal uit de toon tussen de korte broeken, zomerjurken, overalls en kaplaarzen. Hij had, zo leek het, deze morgen bij zijn klerenkast geen idee gehad waar hij op af werd gestuurd.

Bert schetste in het kort de situatie waarin Rust en Vreugd

zich bevond en gaf daarna het woord aan de vertegenwoordiger van de gemeente.

'Mijn naam is Brandenburg, ik ben hoofdam–'

'Harder!' werd er van achter uit de kantine geroepen.

'Mijn naam is Brandenburg, ik ben hoofdambtenaar bij de afde–'

'Het is niet te verstaan hier.'

Emma stond op. 'Misschien is het een idee als de heer Brandenburg plaatsneemt achter de bestuurstafel. Dan kan iedereen hem beter horen. En zien.'

Er werd een stoel bijgeschoven en de man ging naast Bert zitten.

'Mijn naam is Brandenburg, ik ben hoofdambtenaar bij de afdeling Infrastructuur. En dat is mijn collega, mevrouw Witjes van de afdeling Sport, Recreatie en Openbaar Groen.' Hij wees naar de voorste rij. Mevrouw Witjes stak bedeesd een hand in de lucht.

Meneer Brandenburg gaf een lange en wollige uitleg over de voornemens van de gemeente. 'Ik wil graag benadrukken,' besloot hij zijn betoog, 'dat de belangen van Rust en Vreugd volop zullen worden meegewogen in de definitieve besluitvorming en dat de gemeenteraad vooralsnog alleen een principebesluit heeft genomen.'

Er klonk gemor. Voor in de zaal stond Aad op. 'Wat betekent dat precies, dat onze belangen worden meegewogen?'

'Eh, dat er rekening zal worden gehouden met de belangen van uw tuinpark.'

‘En wat betekent dat dan?’ drong Aad aan.

‘Nou, zoals ik al zei, dat uw belangen worden meegewogen.’

‘Meegewogen en te licht bevonden?’

Brandenburg hief verontschuldigend twee handen op. ‘Dat hoort u mij niet zeggen.’

‘We horen je helemaal niks zeggen!’ riep Sjoerd.

De ambtenaar gaf geen krimp. ‘Ik ben gekomen om een toelichting te geven, dat is mijn mandaat. Over de besluitvorming gaat de raad.’

‘Maar er ligt ongetwijfeld een ambtelijk advies,’ mengde Ahmed zich in de discussie.

Brandenburg aarzelde.

‘Is er een ambtelijk advies?’ vroeg Ahmed opnieuw.

Brandenburg trok een tuitmondje en moest toegeven dat dat advies er was.

‘En hoe luidt dat?’ pakte Ahmed door.

‘Daar kan ik geen mededelingen over doen. Dat is ambtsgeheim.’

Er ontstond rumoer in de zaal en er werd van alles door elkaar heen geroepen. Bert sloeg met zijn hamer op tafel en maande tot stilte. Vervolgens gaf hij het woord aan Charles, die met zijn hand in de lucht stond te zwaaien.

‘U komt dus een toelichting geven en in die toelichting zegt u dat u niks kunt toelichten. Dat is nog minder dan een kluitje in het riet.’

Brandenburg had het zichtbaar heel warm gekregen in

zijn nette pak, in de bomvolle kantine waar de zon volop door de ramen scheen. Hij wiste zich met zijn zakdoek het zweet van het voorhoofd en leek toch een beetje van zijn stuk.

'Ik kan alleen zeggen dat het om een relatief kleine strook van uw park gaat.'

Van verschillende kanten werd de vraag geroepen om welke strook van het park het dan precies ging.

Brandenburg aarzelde. Eigenlijk viel ook dit onder zijn ambtsgeheim, maar voor hem zaten een stuk of zestig boze mensen.

'Het gaat vooralsnog om een strook van honderdvijftig meter aan de zuidkant van het park,' meldde hij onzeker.

'Dus de buitenste twee rijen huizen bij de achtersloot. Dat zijn verdomme bijna twintig tuinen.'

'Dat zijn zestien tuinen, om precies te zijn,' vulde Brandenburg aan. 'En voor die tuinen komt een financiële compensatie voor Rust en Vreugd. De betreffende tuinders zouden, kan ik mij voorstellen, met voorrang op de wachtlijst geplaatst kunnen worden. Maar daar gaat de gemeente natuurlijk niet over. Dat is aan u,' en hij wees naar de bestuursleden naast hem.

Iedereen begon nu door elkaar heen te roepen.

'Weet je wel hoelang dat dan duurt voor je een nieuwe tuin hebt?'

'Hoe hoog is die compensatie?'

'Is dit beleid of is erover nagedacht?'

'Waarom komt die parkeerplaats niet aan de oostkant van het park, dat is toch veel logischer?'

Bert probeerde tevergeefs de orde te herstellen. 'Ik wil graag de discussie centraal houden!' riep hij drie keer, steeds een beetje harder.

Ondertussen ontstonden er ook onderling discussies tussen tuinders die moesten verdwijnen en mensen die op een veilig stuk van Rust en Vreugd stonden. De solidariteit werd er niet groter op.

Op de voorste rij zat Harm van Velsen met gebogen hoofd in zijn rolstoel. Alle heisa leek hem te ontgaan. Zoon Ger had een hand op die van zijn vader gelegd.

'Stilte!' brulde Charles.

Dat had enig resultaat. Het lawaai nam af.

Bert hamerde op de tafel. 'Ik heb een belangrijke vraag voor de heer Brandenburg, namelijk deze: Rust en Vreugd heeft een huurovereenkomst met de gemeente. Die kan toch niet zomaar eenzijdig opgezegd worden?'

Brandenburg kuchte. 'Er is inderdaad een huurovereenkomst, maar het betreft hier een oude voorlopige huurovereenkomst voor tien jaar. Die is na het verstrijken van de eerste periode steeds stilzwijgend verlengd met vijf jaar. De laatste periode van vijf jaar loopt in juni volgend jaar af en de vergunning hoeft, juridisch gezien, niet verlengd te worden. Aan de andere kant zou de vergunning permanent kunnen worden als compensatie voor het afstaan van een smalle strook aan de zuidkant.'

Na deze woorden brak er chaos uit in de kantine. Diep verontwaardigde tuinders schreeuwden hun boosheid uit.

Ook Harm was half overeind gekomen uit zijn rolstoel. Hij zwaaide heen en weer met een krampachtig gebalde vuist en riep een paar onverstaanbare dingen. Daarna zakte hij weer terug in zijn stoel.

De situatie werd even grimmig toen een reus van een tuinder opstond en dreigend voor de ambtenaar achter de bestuurstafel ging staan – reden voor de laatste om zich snel uit de voeten te maken naar de bestuurskamer.

Bert sloeg in paniek met zijn hamer op tafel.

'De vergadering wordt verdaagd! De vergadering wordt verdaagd!'

Niemand leek het te horen.

## 57

'Er wordt over niets anders gepraat,' constateerde Erik. 'En niet altijd even vriendelijk. In één dag tijd is de gemeente erin geslaagd tweespalt te zaaien. Twee tuinders gingen bijna met elkaar op de vuist.' Hij zuchtte diep.

Om hem heen bleef het ongebruikelijk stil. Meestal werd er bij de bijeenkomsten van Klavertje Vijf vrolijk door elkaar heen gekakeld, vooral als de fles eenmaal op tafel was gekomen.

Het dreigement van de gemeente om de vergunning van

Rust en Vreugd alleen permanent te maken als de vereniging akkoord ging met het opgeven van een strook met daarop zestien huisjes, was ingeslagen als een bom.

'Wat is nou zestien huisjes, hoorde ik iemand zeggen,' zei Meyra, 'dat is nog niet eens een kwart van het hele park, daar hoeven al die andere tuinders toch niet onder te lijden?'

'Nou, dat was dan zeker niet de eigenaar van een van die zestien huisjes,' brieste Roos. 'Wat een egoïstische klootviool.'

'Maar hij of zij is niet de enige, hè!' zei Emma. 'Er zijn er meer die er zo over denken. De solidariteit is soms ver te zoeken. Ik schat dat misschien wel een kwart van de tuinders bereid is het compromis van de gemeente te aanvaarden.'

Roos sloeg van verontwaardiging met haar hand op tafel. '"Jammer dan van die zestien. Kunnen die toch op de wachtlijst," zei die Bella met haar uitgestreken smoel. Zelf net nieuw. Ik heb uitgerekend dat als die zestien mensen die eraf moeten bovenaan de wachtlijst komen te staan, dat dan de laatste pas over ongeveer vijf jaar weer een tuin heeft. Er gaan jaarlijks maar een stuk of vier, vijf tuinders weg.'

De Klavertjes Vijf waren het erover eens dat Rust en Vreugd zich niet moest laten chanteren door de gemeente.

'We moeten om te beginnen zo veel mogelijk tijdrekken,' vond Ahmed. 'Emma en ik gaan Bert opdragen weer een nieuwe extra ledenvergadering te beleggen. Toch, Em? En we moeten zorgen dat er dan een paar journalisten zijn. Hoe meer publiciteit, hoe beter. Verder moet de gemeente nog met een officieel voorstel komen. Dit was alleen maar een ambtenaar die van de zenuwen zijn mond voorbijpraatte.'

Zo werden er nog wat lijnen uitgestippeld, tactieken bepaald en troepen opgesteld voor de komende slag om Rust en Vreugd.

Roos was voor haar doen stil en rustig.

In alle commotie waren de anderen haar geheimzinnige plan alweer vergeten.

## 58

Op het prikbord bij de kantine hing een grote kindertekening van een rijtje mensen achter elkaar. UITNODIGING STILTEWANDELING, stond er in vrolijk gekleurde letters onder. Emma, Cherrie en Henk en Irma Bijl stonden ernaar te kijken.

'Is er iemand dood?' vroeg Cherrie verbaasd.

'Ik denk eerder dat het om een stil protest tegen de gemeente gaat,' dacht Irma.

Cherrie schudde haar hoofd. 'Ik ben niet van de stille protesten. Dat hoort toch niemand.'

Emma had de begeleidende tekst gelezen en legde uit dat het een initiatief van Frija en Sef was. 'Een unieke gelegenheid om de schoonheid van de stilte te ervaren in deze wereld van lawaai. Stilte die gelegenheid geeft tot nadenken en contemplatie. Zondagmorgen van tien tot elf uur. Verzamelen bij de kantine,' las ze voor.

'Wat is dat nou weer voor flauwekul?' protesteerde Henk.

'Jezus, wat ben je weer negatief,' zei Irma bits tegen haar man. 'Als iemand dat nou leuk vindt. Jij hebt er toch geen last van.'

'Waarom moet dat hier?' hield Henk vol. 'Laat ze een end verderop gaan stilwandelen.'

'Wat is contemplatie?' vroeg Cherrie.

'Gewichtigdoenerij,' vond Henk.

'Ja, maar wat betekent het?'

Dat wist Henk niet.

'Lekker dan,' zei Cherrie, 'wel commentaar maar je weet geeneens wat het betekent. Em, jij weet veel.'

Emma zocht even naar woorden. 'Eh... ergens rustig en in stilte over nadenken.'

'Nou, Henk Bijl,' zei Irma scherp tegen haar man, 'jij kan wel een beetje contemplatie gebruiken. Jij kan alleen maar roeptoeteren. Dat is meer het tegenovergestelde. Niet rustig en niet nadenken.'

'Ach mens, krijg een verzakking.' Henk draaide zich om en liep weg.

'Kijk, dat bedoel ik nou!' riep Irma hem na.

'Ik zou wel mee willen doen aan de stiltewandeling, maar ik weet niet of ik het kan,' zei Cherrie bedremmeld.

'Zullen we samen gaan?' stelde Emma voor.

De volgende ochtend even voor tien uur verzamelden zich een kleine twintig mensen voor de kantine. Het was stralend zomerweer. Emma had, na enig nadenken, Nelson thuisgelaten. Die zou misschien door de stilte heen gaan blaffen.

Cherrie kwam aangelopen en ging naast Emma staan. 'Is het al begonnen?' fluisterde ze.

'Nee, ik geloof het niet,' fluisterde Emma terug.

'Ik hou voor de zekerheid toch maar mijn mond.'

Sef nam het woord. 'Hartelijk welkom allemaal op deze eerste stiltewandeling. Ik hou het kort. Wij hebben een wandeling uitgezet van ongeveer een uur. Wil iedereen proberen zo min mogelijk te praten? Alleen als het echt noodzakelijk is. Prettige wandeling en mooie overdenkingen.' Hij had bijna onverstaanbaar zacht gesproken.

De groep zette zich in beweging, Sef en Frija voorop. Je hoorde alleen de wind in de bomen en een enkele vogel, verder was het stil.

Cherrie had het niet makkelijk. Zwijgzaamheid was niet bepaald haar grootste talent. Al snel hield ze het niet meer.

'Als je stilte wil,' fluisterde ze Emma heel zachtjes in haar oor, 'kan je natuurlijk veel beter in je enkele eentje gaan wandelen.'

'Ja. Dit is geen normale stilte.'

Ze keken elkaar aan en moesten giechelen.

Even later stootte Cherrie Emma aan. 'Hé, is dat niet Roos?'

Emma keek. Inderdaad, daar stond Roos, een meter of vijftig verderop bij de sloot die om het park heen liep. Ze was in gezelschap van een man van ergens in de veertig, met een houthakkershemd en om zijn nek een verrekijker. Ze speurden beiden de grond af.

'Geheimzinnig, hoor,' zei Cherrie zachtjes.

Emma zwaaide even, maar Roos leek haar niet te zien.

Cherrie keek op haar horloge. 'Shit, pas tien over tien. We moeten nog vijftig minuten.'

Vijf meter voor hen draaide een vrouw zich geërgerd om en legde een vinger op haar lippen. Cherrie rolde met haar ogen.

Weer een paar minuten later gaf ze het op. 'Sorry, Em, ik kan dit niet, ik stop ermee,' meldde ze iets te hard.

Emma kon een brede lach niet onderdrukken. Ze pakte Cherrie bij haar arm en samen draaiden ze zich om en liepen een stukje tegen de wandelrichting in. Ze kwamen nog een paar verbaasde en enkele boze blikken tegen en toen waren ze alleen. Eenmaal buiten gehoorsafstand barstten ze in een enorm gegiechel uit.

'Zullen we gezellig even in de kantine verder contempleren?' stelde Cherrie voor.

'Heel goed idee, meid.'

# 59

Emma had de vuile was in haar fietstassen gedaan, zette Nelson in het mandje voorop en manoeuvreerde voorzichtig met haar fiets haar tuin uit. Met een hand hield ze het stuur vast en met haar andere sloot ze moeizaam het hekje.

'Emma, gelukkig dat we je nog treffen,' klonk het achter haar.

Midden op het pad stonden Aad en Viktor. Emma zag meteen dat er iets mis was, hun gezichten stonden strak.

'Hallo mannen, is er iets?'

'We hebben slecht nieuws.'

Ze waren een half uurtje geleden voor koffie en een tosti naar de kantine gegaan en hadden tot hun verbazing geen Fietje achter de bar aangetroffen. Van de drie andere aanwezigen werden ze niets wijzer; niemand wist waar ze was. Viktor had ten slotte zelf maar theegezet, niemand wist hoe het koffieapparaat werkte, en na lang aarzelen twee tosti's uit de koelkast gehaald en in het tostiapparaat gedaan, toen Henk en Irma Bijl binnenkwamen.

'Hebben jullie het al gehoord?'

Het werd doodstil in de kantine. Henk schraapte zijn keel. 'Harm van Velsen is dood.'

Onthutste gezichten. 'Dood? Hoe dan?' 'Wanneer?' 'Wat is er gebeurd?'

Henk en Irma hadden geen antwoorden. Ze waren net

langs het huisje van Harm en Fietje gelopen en hadden op het bankje voor het huis een huilende Fietje aangetroffen, die stevig werd vastgehouden door een eveneens huilende Cherrie. Ger stond er hulpeloos bij. Binnen jankte een hond. Toen ze hadden gevraagd wat er was, had Ger alleen geantwoord: 'Mijn vader is dood. We wachten op de dokter.'

Henk en Irma hadden niet verder durven vragen en waren direct naar de kantine gelopen om het slechte nieuws te verspreiden.

De verslagenheid was groot.

Toen kwam er ook nog heel veel rook uit het keukentje van twee zwartgeblakerde tosti's.

Aad en Viktor hadden het op zich genomen om zo veel mogelijk tuinders op de hoogte te brengen.

'Dus Emma... vandaar dat we hier staan,' zei Viktor.

Aad was echt van slag. 'Het was wel een bullebak, maar zoiets gun je hem toch niet. Hij was toch ook een soort Mister Rust en Vreugd.'

Emma was wit weggetrokken. Harm dood? Ze voelde tranen opkomen. Hoezeer ze het ook in bijna alles met hem oneens was geweest, toch had ze ook een zwak voor hem gehad. Omdat hij zo'n leuke opa was, omdat hij van Fietje hield, omdat hij haar een nieuwe hond had gegeven. Misschien ook wel omdat hij zichzelf zo in de weg zat.

En nu was hij zomaar ineens dood. Het drong langzaam tot haar door.

Viktor sloeg een arm om haar schouder.

'Gaat het, Emma?'

Ze knikte. 'Ja, het gaat wel. Ik moet even... ik weet niet...'

Ze stond nog steeds voor haar hekje. Fiets aan de hand. Hond in het mandje. Er liep een traan over haar wang.

Aad gaf haar een papieren zakdoekje. Werktuiglijk pakte ze het aan. Viktor nam de fiets van haar over, tilde voorzichtig Nelson uit zijn mandje en zette hem op de grond.

'Ik moet... misschien moet ik even naar Fietje,' zei Emma tegen zichzelf.

Langzaam liep ze terug naar haar huisje, Nelson kwam kwispelend achter haar aan.

'Em... wij gaan weer verder,' riep Viktor haar na, 'de andere mensen inlichten.'

Verstrooid draaide Emma zich om. 'Eh, ja. Dank jullie wel.'

Emma had haar fiets tegen het schuurtje gezet, Nelson binnen opgesloten en liep nu beduusd over het grindpad naar het huisje van Harm. Voor het hek stond een auto, waarschijnlijk van de dokter, en het hek zelf stond open. De kabouters glansden onwerkelijk vrolijk in de zon. Uit het schuurtje klonk zacht hondengejank.

Aarzelend liep ze naar het huisje. Was het goed wat ze deed? Voor de deur weifelde ze opnieuw. Toen klopte ze aan.

Cherrie deed open met roodomrande ogen.

De twee vrouwen keken elkaar aan. Emma deed een stapje naar voren om Cherrie voorzichtig te omhelzen. Secondelang hielden ze elkaar vast. Tot Cherrie zich losmaakte en zich tot Fietje richtte, die op een stoel naast het bed zat en Harms hand vasthield en naar het lijkwitte gezicht van haar man staarde.

'Mam, Emma is er.'

Fietje keek op alsof ze verbaasd was. Toen stond ze langzaam op en liep naar Emma toe. Vlak voor haar stond ze stil, nog hulpelozer dan ze vaak al was. Emma pakte voorzichtig haar beide handen. 'Wat verschrikkelijk vind ik dit,' zei ze zacht.

Fietje knikte en omhelsde toen langzaam, als in vertraagde opname, haar vriendin. Zo bleven ze lang staan. Emma voelde haar zachtjes schokken. Toen maakte Fietje zich van haar los, ging weer naast haar dode man zitten en pakte opnieuw zijn hand.

In een hoek stond Ger wezenloos toe te kijken. Emma liep op hem toe en stak hem een hand toe. 'Gecondoleerd, Ger.'

Even keek Ger besluiteloos naar de hand, toen stak ook hij traag een hand uit en schudde hem zwijgend.

De stilte werd doorbroken door het gekuch van de dokter, die aan het tafeltje zat met een mapje met papieren voor zich.

'Neemt u me niet kwalijk, maar ik heb wat gegevens nodig.'

Ger ging naast hem zitten. Ze spraken zachtjes.

'Kan ik iets voor jullie doen?' vroeg Emma. Niemand reageerde.

'Nou… dan ga ik maar. Nogmaals, als ik iets kan doen, wat dan ook…'

Cherrie pakte Emma even bij een arm. 'Zou je misschien een dagje voor Rex willen zorgen? Of twee? Dat zou een zorg minder zijn.'

'Natuurlijk wil ik dat. Waar is Boris trouwens? Weet die het al?'

Cherrie schudde van nee en de tranen sprongen opnieuw in haar ogen.

'Mijn moeder haalt hem straks van school en dan ga ik naar haar toe om het hem te vertellen.' Met verstikte stem ging ze verder: 'Maar ik weet niet hoe. Ach, dat arme mannetje, hij was zo gek op zijn opa.'

Even later liep Emma bedrukt terug naar haar tuinhuisje. Ze dacht aan Harm van Velsen, aan Fietje, aan Boris en aan haar eigen Thomas. Ze miste hem opeens weer verschrikkelijk.

Ze keek of Roos er was. Ze had zelf even een schouder nodig. Maar er was geen teken van leven bij het huisje van haar buurvrouw.

## 60

Harm was, volgens de verklaring van de dokter, aan een tweede zware beroerte overleden. Hij was even alleen thuis geweest omdat Fietje voor hem naar de apotheek was. Ze maakte zichzelf daar eerst verwijten over maar de arts had uitgelegd dat ze, ook als ze in zijn buurt was geweest, niets had kunnen doen. 'Ik denk dat het heel snel is gegaan en hij niet heeft geleden,' had de dokter er geruststellend aan toegevoegd. Fietje had lang voor zich uitgestaard en toen zacht gezegd: 'Misschien is het maar beter zo. Hij was zo ongelukkig.'

De stemming op het park was de dagen na de dood van de voorzitter een beetje onwerkelijk.

Harm had, naast zijn familie en een paar vrienden, ook een flink aantal gezworen vijanden op Rust en Vreugd. Niet dat die nu juichend over het park liepen, maar het kostte sommigen toch moeite om hun opluchting te verbergen.

Sef wandelde met een tevreden gezicht over het park en Sjoerd zou ook zeker een extra drankje op de dood van de voorzitter genomen hebben als hij niet al een paar extra borrels had gedronken uit frustratie dat zijn een na laatste kip spoorloos verdwenen was. En tot zijn spijt kon hij niemand de schuld geven.

Alleen Herman wond er geen doekjes om. Hij kwam er speciaal voor bij Emma langs.

'Blij dat die paardenpik er niet meer is.'

'Nee, Herman,' sprak Emma hem ongemeen fel toe, 'zo praat je niet. Het was misschien geen aardige man en hij was lomp, maar hij had zeker ook goede kanten.'

'Nou, die... die heb ik nooit gezien.'

'Jij ziet wel meer niet. Dat betekent niet dat het er niet is.'

'O... sorry,' mompelde Herman en hij droop af.

Cherrie had twee dagen na het overlijden, samen met Boris, Rex weer opgehaald. Zij en Ger hadden besloten om voortaan voor Rex te zorgen. Voor Fietje een hele opluchting en voor Boris een pleister op de wonde.

'Weet je, tante Emma,' had het jochie gezegd, 'als ik dan Rex uit ga laten, dan praat ik net alsof tegen opa en dan geeft-ie ook net alsof antwoord.'

Emma had hem een aai over zijn krullen gegeven. 'Dat is een heel goed idee. Zo blijft hij toch een beetje bij je.'

De tweede extra ledenvergadering was in verband met de dood van Harm een week uitgesteld.

Emma ging elke dag even langs bij Fietje. Die was erg verdrietig en in de war. Eigenlijk wilde ze het liefst weer achter de bar gaan staan om iets omhanden te hebben, maar Ger had gezegd dat dat écht niet kon. Daarom poetste ze nu elke dag alle kabouters in haar tuin tot ze glommen.

Emma vroeg haar wanneer de begrafenis was.

'Op vrijdagmorgen. Maar Ger wil een besloten begrafenis.'

'Maar wat wil jij?'

Fietje wilde eigenlijk helemaal geen begrafenis of crematie. Ze had de kist het liefst tussen de kabouters in de tuin gezet. 'Maar dat mag niet.'

De dag na de begrafenis waren Ger, Cherrie, Boris en Fietje alweer op de tuin. De laatste had van haar zoon toestemming gekregen om haar plaats achter de bar van de kantine weer in te nemen. Sommige mensen bestelden daar nu hun koffie extra voorkomend en met zachte stem.

'Je kunt wel weer gewoon tegen me praten, hoor,' zei Fietje. 'Als iedereen zielig tegen me doet... dat wil ik niet.'

Boris ging intussen weer even bij zijn favoriete tuintante langs.

'Hé, Boris. Hoe was de begrafenis?' vroeg Emma toen hij haar tuin in stapte.

'Niet leuk. Ik mocht opa niet meer zien. De kist was al dicht.'

'Had je opa graag nog willen zien dan?'

'Ik had willen kijken hoe opa keek toen hij doodging.'

'Hoe hij keek?'

'Ja. Of hij een beetje blij keek toen hij doodging. Dat hij niet meer in die rolstoel hoefde en zo.'

'Ik denk, eerlijk gezegd, dat opa daar wel blij mee was. Want dat vond hij verschrikkelijk. Dat iedereen hem moest helpen.'

Boris knikte. 'Alleen ik mocht hem helpen, omdat we beste vrienden waren.'

# 61

Emma had Roos al dagen niet gezien, maar nu stond ze opeens weer voor haar neus.

'Kopje koffie doen, buurvrouw? Ik heb een taartje meegenomen, om de bevrijding van de tiran te vieren.'

Emma keek haar hoofdschuddend aan. 'Niet leuk.'

'Sorry. Foute grap.'

Emma bleef stuurs kijken. Pas toen Roos voor de tweede keer haar excuses had aangeboden draaide ze bij.

'Waar heb je al die tijd gezeten, Roos? De laatste keer dat ik je zag liep je met een vreemde man geheimzinnig te doen bij de sloot hierachter.'

'O, dat.'

'Je kunt wel een beetje lopen doen alsof je neus bloedt, mevrouw Kapper, maar je zit op iets te broeden.'

'Ik zeg niks. Om teleurstelling te voorkomen, schat.'

'Je hebt toch geen geheimen voor je beste tuinvriendin?'

Roos aarzelde.

'Roos!'

'Ik wist niet dat jij zo nieuwsgierig was.'

'Dat ben ik ook niet. Of... eigenlijk wel, maar meestal kan ik dat goed verbergen.'

'Oké. Maar eerst maar eens een kopje koffie met een stuk chocoladetaart,' zei Roos pesterig.

Emma at haar taart sneller op dan normaal en keek vervolgens Roos aan. 'Vertel.'

Haar vriendin boog zich naar haar toe alsof ze mogelijk afgeluisterd zouden kunnen worden.

Naarmate haar verhaal vorderde gingen Emma's ogen meer glinsteren. Toen ze uitverteld was pakte Emma het hoofd van Roos stevig tussen haar handen en drukte een enorme klapzoen op haar voorhoofd. 'Geniaal!'

De dames waren het erover eens: daar moest op gedronken worden, ook al zat de vijf nog niet in de klok.

'Nou ja, met een beetje goede wil is het tachtig minuten voor vijf, dus...' zei Emma terwijl ze twee glazen pakte.

Er moesten voor een goede uitvoering nog wel wat zaken geregeld worden. Daar bogen ze zich vervolgens over.

Toen Roos afscheid nam zei ze grijnzend: 'Ik kwam het je gewoon vertellen, hoor, want ik had je wijze raad nodig.'

Emma gaf haar een duwtje. 'Wegwezen, pestkop.'

Bij het hekje zwaaide Roos nog even.

## 62

Er klonk een vrolijk geblaf. Boris en Ger liepen met Rex over het park. Tot haar verbazing zag Emma vanuit haar tuinstoel dat Rex niet aangelijnd was. Ze zwaaide naar vader en zoon.

'We zijn aan het trainen!' riep Boris haar vanuit de verte toe. 'Hij moet leren om te komen als we hem roepen.' Bij wijze van demonstratie riep hij de hond: 'Rex, hierrr.'

Rex snuffelde tien meter verder aan een boom.

'Rexie, hierrr,' herhaalde Boris.

De hond gaf geen sjoege.

Ger liep er geërgerd naartoe, pakte de hond bij zijn halsband en trok hem naar Boris toe.

'Braaf, braaf. Zit.'

Hij ging zowaar zitten.

'Kijk, tante, hij doet het!' riep Boris enthousiast en hij zocht in zijn broekzak een hondenkoekje als beloning. Hij had het nog maar net gegeven of Rex ging er alweer als een speer vandoor.

'Rexie, Rexie.'

Boris holde erachteraan en het drietal verdween om de hoek.

Emma ging verder met lezen tot ze een minuut later een woest geblaf hoorde en een hele hoop geschreeuw.

'Nee, nee!' hoorde ze het hoge stemmetje van Boris.

'Laat los, godverdomme.' Dat was Ger.

Een derde stem schreeuwde iets onverstaanbaars.

Dat klonk ernstig. Emma stond op en liep op een holletje in de richting waar het geluid vandaan kwam. Ze sloeg de hoek van het pad om en botste bijna tegen Rex op. In zijn bek had hij een fladderende kip. In een reflex pakte ze de hond bij zijn halsband en schreeuwde: 'Ik heb hem!'

Nu kwamen Ger en Sjoerd aangestoven. Ger wierp zich op de jonge herdershond, pakte zijn kaken en trok ze uit alle macht uit elkaar. De kip viel stuiptrekkend op de grond. Heel voorzichtig raapte Sjoerd de vogel op, inspecteerde haar en richtte zich toen woedend tot Ger.

'Je moet godverdomme die hond niet los laten lopen.'

Ger wist niets beter te zeggen dan: 'Jij moet je tuinhekje dichthouden.'

'Dat tuinhekje was dicht, die klotehond sprong eroverheen.'

'Ik zag het toch openstaan.'

'Ja, ik moest er daarna zelf toch door. Ik spring er toch niet overheen.'

'Man, doe niet zo moeilijk. Het is maar een kip.'

'Het is mijn laatste kip.'

Emma begreep dat deze conversatie waarschijnlijk niet tot een voor beide partijen bevredigend resultaat zou leiden.

Ze liep naar Sjoerd en nam hem aan zijn arm een paar stappen mee. 'Laten we eens even kijken naar de kip. Ik geloof dat het wel meevalt.'

Toen ze even later opkeek zag ze Boris iets verderop angstig en als aan de grond genageld staan kijken.

'Doet-ie het nog?' riep hij met een piepstemmetje.

'Ik denk het wel, Boris. Ga maar gauw naar papa.' Daarna richtte ze zich tot Ger. 'Voor iemand die altijd overal de regeltjes loopt te handhaven gelden diezelfde regeltjes natuurlijk helemaal. Honden aan de lijn!'

Ger opende zijn mond om te antwoorden, maar sloot hem twee seconden later toch weer. Hij knikte bijna onmerkbaar, deed Rex aan de lijn, pakte Boris bij de hand en liep naar de uitgang van het park.

Later die middag deed Emma in haar keukentje net een sudderlapje in de pan toen er op haar deur werd geklopt. Ze deed open en keek in het schuldbewuste gezicht van Ger van Velsen.

'Jij hier?'

'Ik kwam even mijn excuses aanbieden. Voor die losse hond. We waren hem aan het trainen, maar ik had het buiten het park moeten doen.'

Emma knikte. 'Excuses aanvaard.'

Een beetje angstig informeerde Ger naar het welzijn van de kip.

'Die is dood. Die gaat straks op de barbecue,' antwoordde Emma somber.

Ger schrok zichtbaar.

Emma keek hem met een zoetsappig glimlachje aan. 'Nee hoor, grapje. Kip is... kiplekker. Hij loopt alweer vrolijk rond. Of eigenlijk is het een zij. Zij pikt alweer hier en daar een graantje mee. En nu stop ik met mijn flauwe woordgrapjes.'

Ger zei opgelucht dat hij anders een nieuwe kip voor Sjoerd gekocht zou hebben.

'Dat is mooi van je, Ger,' zei Emma oprecht. Ger bleef staan dralen voor haar deur. 'Anders nog iets?' vroeg ze.

'Nou ja, eigenlijk wel. Ik had gedacht dat, eh... nu mijn

pa dood is, het goed voor Rust en Vreugd zou zijn als ik me in de komende ledenvergadering tot de nieuwe voorzitter laat kiezen. Ik denk dat jij en ik samen een heel goed team zouden zijn.'

Emma was even met stomheid geslagen en had daarna moeite haar verbazing en ergernis te verbergen.

'Nou... daar moet ik eerst nog maar eens een nachtje over slapen. Misschien wel twee nachtjes.'

Ger leek teleurgesteld. 'Oké. Denk er nog maar even over na. Maar ik denk echt dat dat het beste is voor Rust en Vreugd, wij tweeën. Ik ga me in ieder geval kandidaat stellen volgende week.'

'Dat is je goed recht,' zei Emma zuinig.

Ze stonden secondelang zwijgend tegenover elkaar.

'Ik ga verder met koken,' verbrak Emma de stilte. 'Dag, Ger.'

Ger mompelde een groet, draaide zich om en liep de tuin uit.

## 63

Er kwam een klein beetje stoom uit Roos' oren. 'Zijn vader ligt nog maar net onder de grond en hij wil zelf al de nieuwe voorzitter worden. Wat een kloothommel is die Ger van Velsen.'

'Rustig, Roos, zover is het nog niet,' suste Meyra.

Maar Roos was niet te stuiten. 'We willen toch niet weer zo'n zak stront als voorzitter.'

'Roos! Stop!' beval Emma.

'Goh, Roos, ik vond je de laatste tijd wat milder geworden, maar dat was gezichtsbedrog,' grinnikte Erik.

'Oké, oké,' zei Roos. 'Ik wilde wat dichter bij mijn ware zelf komen, maar het is voor iedereen het beste als dat niet gebeurt. Die is nog erger.'

Daar moest iedereen om lachen.

Klavertje Vijf was bijeen om de laatste ontwikkelingen te bespreken. Emma had net verteld dat Ger had geprobeerd bij haar in het gevlij te komen en dat hij zich aanstaande zaterdag verkiesbaar ging stellen als voorzitter. Dat was geen goed plan, vond iedereen, maar wat als er geen tegenkandidaat was?

'Wil een van ons voorzitter worden?' vroeg Ahmed.

Het hoge woord was eruit. Er viel een stilte. Iedereen keek elkaar aan.

'Niemand?'

'Ik snap iedereen maar al te goed. Het is een hondenbaan,' zei Roos. 'Ik zou het wel kunnen doen, maar niemand zou op me stemmen. Ik ben overduidelijk volkomen ongeschikt.'

Het bleef opvallend stil.

'Nou ja,' zei Roos verontwaardigd, 'er kan toch wel íémand voor de vorm zeggen dat dat niet waar is?' Daarna barstte ze in lachen uit.

'Emma en ik zitten al in het bestuur,' zei Ahmed, 'dus als een van ons zich kandidaat stelt komt Ger op de opengevallen plek. Dat schiet niet op.'

'Ik wil écht niet,' zei Erik verontschuldigend, 'ik zou er doodongelukkig van worden.'

'Dat willen we niet,' zei Emma en daarna keek ze naar de enige die overbleef: Meyra.

Die schudde resoluut van nee. 'Ahmed zit er al in. Ik moet een beetje afstand houden.' Daar hadden de andere vier begrip voor.

Toen nam Emma het woord. 'Ik ben zo vrij geweest, geachte leden van Klavertje Vijf, om, voor het geval niemand van ons wilde, langs te gaan bij Viktor en Aad en...' ze bouwde de spanning even op, '... ik heb Viktor zover gekregen dat hij zich kandidaat wil stellen.'

Er klonk ingetogen gejuich.

Ze spraken af dat ze alle vijf voor zouden stemmen en daarnaast rekenden ze op mensen als Sjoerd, Herman, Sef en Frija, en misschien Charles, hoewel je het bij hem nooit wist. Dat moest genoeg zijn om Viktor verkozen te krijgen.

Daarna werd er nog wel een uur besteed aan de vraag hoe ze het gemeentebestuur van haar onzalige plannen af konden houden. Van hun kandidaat-advocaat, de broer van Bella, was nog niets vernomen en niemand had ook maar enig vertrouwen in deze Ahrend Jan.

Ahmed zou nogmaals de pers uitnodigen op de ledenvergadering. Misschien kon de publieke opinie de raadsleden van gedachten doen veranderen.

Ten slotte was er nog de dreiging van de gemeente om de tijdelijke vergunning voor Rust en Vreugd in te trekken.

Het zag er, al met al, niet bijzonder rooskleurig uit.

Roos had al die tijd vrijwel niets gezegd maar ingetogen geluisterd.

Bij het afscheid vroeg Meyra aan Roos: 'Je bent zo stil, Roos, wat vind jij er eigenlijk van?'

Roos lachte een beetje. 'Ik heb goede hoop. Wij gaan de slag om Rust en Vreugd winnen.'

Even kruiste haar blik die van Emma.

## 64

Er was een kleine samenscholing bij het prikbord: Charles, Irma, Cherrie en Emma. Op het bord hing de mededeling dat de kantine voortaan op maandagavond van 19.00 tot 20.30 uur niet toegankelijk was voor leden omdat Dameskoor Zoetgevooisd dan repeteerde. Daaronder de tweede mededeling: dat er de komende tien dinsdagochtenden van 10.00 tot 12.00 uur in de kantine een cursus spinnen werd gegeven.

'Hoezo dameskoor? Hoezo cursus spinnen? Wie heeft dat nou weer bedacht?' vroeg Charles zich hardop af.

'Dat heeft Ger geregeld,' zei Cherrie enthousiast, 'leuk hè?'

'Maar in welke hoedanigheid heeft Ger dat geregeld?' vroeg Emma verbaasd.

'Hoedanigheid?'

'Ja. In welke functie?'

'Nou, gewoon, om wat extra inkomsten voor Rust en Vreugd bij elkaar te harken. Zo zei hij dat, bij elkaar harken, dat vond ik nog zo toepasselijk voor een tuinpark.'

'Hij denkt zeker: wat mijn ouweheer kon, kan ik ook: de baas spelen,' spotte Charles.

'Jij moet je bek houden,' antwoordde Cherrie fel.

'Ho ho, dame, heer, laten we het beschaafd houden,' kwam Emma tussenbeide. Vervolgens probeerde ze uit te leggen dat het misschien wel heel goede ideeën waren, maar dat alleen het bestuur over zulke zaken kon beslissen. En dat haar man nog niet officieel in dat bestuur zat.

'Maar volgende week wel, kijk maar,' zei Cherrie en ze wees op de agenda voor de ledenvergadering en de bijgaande mededelingen. Daar stond: 'Verkiezing voorzitter bestuur. Voor deze functie hebben zich twee kandidaten gemeld: de heer Ger van Velsen en de heer Viktor Hofmeulen.'

'Glashelder dus: Ger van Velsen is nog niet gekozen en heeft dus ook nog niks te beslissen,' concludeerde Charles. 'Ik stem in ieder geval op die Viktor.'

Irma's oog was nu pas op de cursus spinnen gevallen.

'Gatverdamme, wie gaat er nou op een cursus spinnen. Enge beesten zijn het. Dat is vast weer van dezelfde mensen die ook zo'n insectenhotel moesten.'

Emma moest lachen. 'Ik denk eerlijk gezegd, Irma, dat het om de bezigheid spinnen gaat. Je weet wel, met een spinnewiel. Dat is weer hip. Net als breien.'

'Ja, en je kan je kat er ook op doen,' zei Charles spottend.

'O,' zei Irma onnozel, Charles negerend, 'nou, misschien ga ik dan dinsdagochtend wel even kijken of het wat voor me is.' Cherrie bood aan mee te gaan.

Charles schudde zijn hoofd en beende weg.

Emma was ergens anders met haar gedachten. Misschien moest ze voor de zekerheid nog proberen wat volmachtstemmen voor Viktor te verzamelen. Cherrie haalde haar uit haar overpeinzingen.

'Zeg Em, ik ga morgen het stemformulier voor de tofste tuinder in alle brievenbussen doen. Tot wanneer zullen we de mensen laten stemmen?'

Emma dacht na. Het was nu half augustus. Officieel liep het tuinseizoen tot 1 oktober, daarna mocht er niet meer op het park overnacht worden.

'Zullen we 15 september doen? En dan het slotfeest ongeveer een week later? Op een zaterdag, lijkt me.'

Dat vond Cherrie een uitstekend voorstel. Ze zou bij het stemformulier ook meteen de uitnodiging voor het slotfeest doen: zaterdag 21 september, het begin van de herfst, van vier tot acht, met hapjes en drankjes.

# 65

Het bestuur had alle leden per mail de uitnodiging en de agenda voor de tweede ledenvergadering gestuurd en voor de zekerheid hadden Ahmed, Bert en Emma persoonlijk bij alle tuintjes de papieren versie in de bus gedaan.

Fietje werd zo veel mogelijk ontzien. Ze was nog te verdrietig en in de war. Als verdoofd stond ze elke dag een paar uur achter de bar van de kantine, uit plichtsbesef maar nauwelijks aanspreekbaar.

Op het park was de annexatie van een stuk park nog steeds het gesprek van de dag. De meningen bleven verdeeld. Een aantal mensen vond dat het bestuur op het aanbod van de gemeente in moest gaan en een strook van het park moest afstaan tegen een flinke vergoeding en een permanente vergunning.

Flink wat andere tuinders, onder wie in ieder geval alle bezitters van de bedreigde huisjes, waren van mening dat Rust en Vreugd zich niet moest laten chanteren en de tuinders onderling solidair moest zijn. Zij vonden dat Rust en Vreugd met alle middelen ten strijde moest trekken tegen de gemeente.

Hoe de verhoudingen getalsmatig precies lagen was niet duidelijk.

De onrust broeide, dat was zeker.

Op de zaterdag van de vergadering zat de kantine al ruim voor aanvang helemaal vol. Alle beschikbare stoelen waren bezet en de laatkomers moesten staan, achterin en aan de zijkanten.

Ruim voor tweeën namen de bestuursleden plaats achter de bestuurstafel: Bert als tijdelijk voorzitter, Ahmed rechts naast hem, Emma aan zijn linkerkant en naast Emma zat Fietje, die wezenloos naar haar handen keek.

De sfeer was gespannen.

Om twee uur precies opende Bert de vergadering en heette iedereen welkom, in het bijzonder de wethouder en de ambtenaar die hem vergezelde.

'Moest je niet naar afzwemmen? Of iets anders belangrijks?' riep Charles door de zaal, waardoor er meteen al rumoer ontstond.

Bert maande tot kalmte.

'Ik wil eerst graag een minuut stilte houden vanwege het overlijden van onze voorzitter, Harm van Velsen, die drieëntwintig jaar voorzitter is geweest van ons bestuur en zijn beste krachten aan onze vereniging heeft gegeven.'

Achterin klonk gemor van Sjoerd en Charles. Herman moest opeens heel hard hoesten. Andere tuinders draaiden zich verstoord om.

'Heren, alstublieft,' maande Bert, 'een klein beetje respect graag!'

Het werd doodstil in de kantine.

Emma had haar arm om Fietje heen geslagen, die naar beneden staarde. Er liepen tranen over haar wangen. Ze depte haar ogen met een verfrommeld papieren zakdoekje.

Bert keek de volle minuut lang op zijn horloge.

Daarna richtte hij zijn hoofd op. 'Harm van Velsen, we zullen je niet vergeten. Dank voor alles wat je voor ons mooie tuinpark hebt gedaan.'

'We zullen hem zeker niet vergeten,' zei Sjoerd achter in de zaal iets te hard, wat hem op een paar woedende blikken kwam te staan.

Bert deed alsof hij niets had gehoord. 'En dan nu de agenda.'

Er waren geen bezwaren tegen de agenda en ook de notulen van de vorige vergadering werden zonder omhaal goedgekeurd. Bert kuchte. 'Punt 1 van de agenda: de verkiezing van een nieuwe voorzitter. Er hebben zich twee kandidaten gemeld, de heer Ger van Velsen en de heer Viktor Hofmeulen. Ik neem aan dat de beide heren genoegzaam aan u bekend zijn en stel voor, met het oog op de agenda, om meteen tot hoofdelijke stemming over te gaan.' En zonder de reacties af te wachten ging hij onmiddellijk verder: 'Wie is er voor Viktor Hofmeulen als nieuwe voorzitter van het bestuur?'

Er gingen behoorlijk wat handen omhoog. Bert begon te tellen.

'Handen graag flink omhoog,' verzocht hij. Waar hij net had geteld kwamen er twee handen bij. Bert moest uiteindelijk twee keer opnieuw beginnen om tot vierentwintig stemmen te komen.

Emma tikte Bert aan en zei iets tegen hem.

'En dan zijn er ook nog vijf volmachtstemmen binnengekomen, dus dat betekent dat de heer Hofmeulen achtentwintig stemmen heeft.'

'Negenentwintig!' riepen vijf mensen tegelijk.

'Had ik er nou drieëntwintig of vierentwintig?' vroeg Bert zacht aan Ahmed.

'Vierentwintig,' fluisterde Ahmed.

Bert excuseerde zich. 'Hofmeulen: negenentwintig stemmen.' Hij schreef het voor de zekerheid zenuwachtig op een briefje. 'En wie is er voor Ger van Velsen?'

Opnieuw gingen er veel handen de lucht in.

'Een, twee, drie...' de spanning in de kantine steeg, '... vierentwintig, vijfentwintig voor Ger van Velsen.'

Emma slaakte een zucht van verlichting. Ze prees zich gelukkig dat ze nog vijf volmachtstemmen had verzameld.

Ger van Velsen stapte naar voren en gaf Bert een stapeltje briefjes. 'Zes volmachtstemmen, Bert.'

Bert bladerde de papieren door. Hij keek heel even links en rechts van hem in de verschrikte gezichten van Ahmed en Emma en richtte zich toen tot de zaal.

'Eenendertig stemmen voor Ger van Velsen, die daarmee verkozen is tot de nieuwe voorzitter van Rust en Vreugd. Gefeliciteerd, Ger.'

Er klonk applaus, vermengd met boegeroep van achter uit de zaal.

'Mag ik je uitnodigen, Ger.' Bert stond op en maakte een gebaar naar zijn eigen plaats.

Ger liep naar achter de bestuurstafel, smoesde even met Bert en ging toen op de lege stoel naast Fietje zitten. Die gaf haar zoon een knuffel.

Bert ging weer zitten en deelde mee dat de zojuist gekozen voorzitter hem verzocht had deze vergadering te blijven voorzitten.

Ahmed en Emma zaten er verrast en verslagen bij.

'En dan nu het belangrijkste punt van de vergadering: de plannen van de gemeente met Rust en Vreugd. Ik geef het woord aan de wethouder, de heer Vandermarkt.'

De wethouder stond op, draaide zich om, deed het bovenste knoopje van zijn colbert dicht en knikte de zaal minzaam toe.

'Geachte dames en heren, allereerst wil ik u hartelijk danken voor de uitnodiging om hier een toelichting te komen geven op het Beleidsplan Hoofdstructuur Sport, Natuur en Recreatie dat de gemeente dit voorjaar op hoofdlijnen heeft aangenomen.'

Het gonsde onmiddellijk van de verontwaardiging in de kantine. De goede verstaander begreep waar dit verhaal naartoe zou gaan: voldongen feiten.

'Wat valt er dan nog te veranderen?' riep Charles van achter uit de zaal.

De wethouder hief zijn handen bezwerend op.

'Er is in april een commissie aan de slag gegaan die verdere invulling aan het beleidsplan moet geven, en daar komt ook de aanleg van een parkeerplaats aan de orde.'

'Blablabla!' brulde Sjoerd door de zaal.

'U bedoelt het inpikken van een strook Rust en Vreugd?' vroeg iemand op de eerste rij.

Instemmend geroezemoes.

'Het is zo dat in verband met de aanleg van het parkeerterrein voor een zo klein mogelijk aantal volkstuinen een nieuwe locatie gevonden moet worden.'

'Hoezo, nieuwe locatie?' vroeg Ahmed verbaasd.

De wethouder negeerde hem. 'En de gemeente is bereid om Rust en Vreugd ten aanzien van een tweetal zaken ruimhartig tegemoet te komen, te weten een financiële vergoeding en een compensatie in de vorm van een permanente vergunning voor het hele park.'

'Hoezo nieuwe locatie?' drong Ahmed aan.

'Nou, ik zou mij voor kunnen stellen dat middels een herinrichting van het park nieuwe plekken gecreëerd kunnen worden voor de huisjes die op de nominatie staan om een andere locatie te krijgen.'

'Gesloopt worden, zult u bedoelen?' zei Ahmed. 'Mag ik de wethouder erop wijzen dat het park kleiner wordt door de annexatie en niet groter. Hoe ziet u dat voor u, moet iedere tuinder een kwart van zijn tuin afstaan aan een onteigende medetuinder?'

'Ik heb er het volste vertrouwen in dat uw bestuur hiervoor een adequate oplossing zal vinden,' zei de wethouder zalvend.

Het lawaai van de aanwezigen zwol steeds meer aan.

'Bent u alleen gekomen om dit kutverhaal op te hangen? Rot dan maar weer op!' riep een mevrouw in een roze tuinpak.

Luid gejuich.

Bert hamerde op de tafel. 'Stilte, stilte. Laten we het beschaafd houden. Ik wil namens het bestuur graag van de wethouder weten of er eigenlijk nog wel iets aan de annexatie te doen is. Ik geef het woord aan de wethouder.'

'Dank u, voorzitter,' hervatte deze zijn betoog alsof hij in de Tweede Kamer stond. 'Het is zo dat het gemeentebestuur niet verplicht is om de tijdelijke vergunning van Rust en Vreugd om te zetten in een permanente vergunning. Derhalve is zij gerechtigd om dit beleid ten uitvoer te brengen, natuurlijk rekening houdend met alle belanghebbenden.'

De verontwaardiging bereikte het kookpunt. 'Waarom zitten we hier dan?' schreeuwde iemand.

'Voor het verkrijgen van een permanente vergunning en een vergoeding voor een smalle strook van het park,' zei de wethouder onverstoorbaar en zelfverzekerd. 'Het is dus in het belang van Rust en Vreugd om de herbestemming van een klein deel van uw park te accepteren.'

Het werd langzaam weer iets stiller in de kantine. De mensen begonnen zich te realiseren dat de gemeente alle troeven in handen had en dat er weinig te kiezen viel.

Toen stond Roos op, midden in de zaal, schoof langs de mensen naast haar, liep naar voren, knikte vriendelijk naar de wethouder en draaide zich naar de zaal.

'Beste vrienden, ik denk dat ik heel goed nieuws heb!' riep ze boven de herrie uit.

Langzaam werd het muisstil.

'Ik denk dat ik heel goed nieuws heb,' herhaalde Roos kalm, 'want wat is namelijk het geval?' Ze zweeg even nadrukkelijk. Je kon een speld horen vallen. 'Er wonen maar liefst vijf ernstig bedreigde diersoorten in de strook unieke natuur die de gemeente wil opofferen aan een parkeerplaats. Het betreft twee vleermuissoorten, de rosse vleermuis en de grootoorvleermuis. Verder de zeldzame gladde slang en twee soorten kikkers, te weten...' Roos moest even op een briefje kijken, '... te weten de kleine groene kikker en de Europese boomkikker en eh...' ze moest weer even spieken, '... de rugstreeppad, maar dat is denk ik geen kikker. Dat zijn trouwens zes verschillende soorten. Sorry.'

De verbazing in de zaal was voelbaar. Er werd overal druk gefluisterd.

De wethouder was gaan zitten en voerde stilletjes overleg met zijn ambtenaar.

'Nu zullen jullie denken,' pakte Roos de draad weer op, 'sinds wanneer weet Roos Kapper iets van vleermuizen en kikkers. Nou, dat weet ik niet. Maar ik geef graag het woord aan de heer Stephan Pasman, stadsecoloog, die u er alles over kan vertellen.'

Roos maakte een zwierig armgebaar naar de man die naast haar had gezeten, een grote bebaarde vijftiger in iets wat op een boswachtersjasje leek. Hij stapte naar voren en maakte een kleine buiging naar de zaal.

'Dank u wel. Mijn naam is dus Stephan Pasman en ik heb, op verzoek van mevrouw Kapper, de laatste drie weken uitgebreid onderzoek gedaan naar de flora en fauna van de strook natuur aan de zuidkant van uw park, inclusief de sloot en het aangrenzende stuk weiland. Ik heb daar met zekerheid vijf van de door haar zojuist genoemde zes diersoorten aangetroffen en daarnaast sterke aanwijzingen voor de aanwezigheid van de zesde soort. De flora in het gebied heb ik nog niet kunnen onderzoeken, maar ik vermoed dat zich in het gebied ook diverse bedreigde plantensoorten bevinden. Ik ben bij mijn onderzoek uitgegaan van de Habitatrichtlijnen van de Europese Unie zoals geformuleerd in de Europese Wet Natuurbehoud van 2014. Ik ben natuurlijk geen rechter, maar het lijkt mij uitgesloten dat er op korte termijn, en dan denk ik eigenlijk aan de komende járen, iets in dit gebied aangelegd of veranderd mag worden. Ik zou het gemeentebestuur dan ook nadrukkelijk willen adviseren de aanleg van de parkeerplaats te schrappen.' Stephan Pasman besloot met een formeel 'Dank u voor uw aandacht'.

Er brak een kakofonie los. Een paar mensen juichten, anderen klapten in hun handen, en iedereen sprak luid met zijn of haar buren. Achter de bestuurstafel heerste zowel blijdschap als verwarring.

De wethouder en zijn ambtenaar waren volkomen uit het veld geslagen.

Uiteindelijk lukte het Bert de zaal weer stil te krijgen.

'Ik ga er even van uit dat ik namens het bestuur spreek als ik zeg dat dit zeer belangwekkende informatie is. Ik geef graag nogmaals het woord aan de wethouder.'

Van de hautaine zelfverzekerdheid van de heer Vandermarkt was niet veel over. Hij schraapte langdurig zijn keel en nam een slokje water.

'Ik ben, eh... enigszins overvallen door deze informatie. Het valt niet uit te sluiten dat de besluitvorming hierdoor vertraagd wordt. De Adviescommissie Beleidsplan Hoofdstructuur Sport, Natuur en Recreatie zal zich, in het licht van de Europese richtlijnen, opnieuw over de voorgenomen besluiten moeten buigen.'

Achter in de zaal roerde Sjoerd zich weer luidkeels: 'Blablabla.'

Ahmed nam het woord.

'Meneer de wethouder, de ervaring leert dat zelfs de grootste infrastructurele projecten jaren stilgelegd worden als zich bedreigde diersoorten in het gebied bevinden. Denkt u niet dat de aanleg van een parkeerplaats geen schijn van kans maakt bij de rechter?'

Met enorme tegenzin moest de wethouder toegeven dat die kans aanwezig was. 'De gemeente zal vermoedelijk nieuwe afwegingen moeten maken,' besloot hij chagrijnig.

'Wat zegt u, ik kan u niet verstaan?' brulde Charles sarrend.

'De gemeente zal nieuwe afwegingen moeten maken,' herhaalde hij kortaf en iets harder.

Er ging een luid gejuich op.

'Hoe zit het met de toegezegde permanente vergunning voor Rust en Vreugd?' informeerde Emma, toen de rust een beetje was weergekeerd.

De wethouder aarzelde. 'Daar kan ik op dit moment geen uitsluitsel over geven.'

Nu was er geen houden meer aan: mensen riepen 'boe' en 'oprotten', er werd gestampt en gejoeld. De wethouder fluisterde zijn ambtenaar iets toe en vervolgens stonden beiden op en baanden zich door de menigte een weg naar buiten. Hier en daar kregen ze een duw.

In de chaos zocht Emma haar vriendin Roos op in de menigte en omhelsde haar stevig. 'Fantastisch gedaan, schat.'

'We hebben de slag gewonnen, Em. En waarschijnlijk de hele oorlog,' antwoordde Roos. Haar stem klonk een beetje raar en ze moest even slikken.

Emma veegde een traantje weg bij haar vriendin. 'Roosje toch. Lieverd.'

Ook Bert en Ahmed liepen de kantine in, schudden handen en kregen schouderklopjes.

Eenzaam achter de bestuurstafel zaten moeder en zoon Van Velsen. Ze keken zwijgend naar de uitgelaten drukte voor hun neus. Fietje legde haar hand op die van Ger.

'Jammer dat je vader dit niet meer mag meemaken,' zei ze zacht, zonder haar zoon aan te kijken.

# 66

Het was drie weken na de tumultueuze extra ledenvergadering. De rust en de vreugde waren teruggekeerd op Rust en Vreugd.

De sfeer was opgewekt.

Klavertje Vijf had de kleine tegenslag dat Ger van Velsen gekozen was tot de nieuwe voorzitter van het bestuur verwerkt. Vooralsnog hadden ze hem gepaaid door zijn plannen voor het verhuren van de kantine niet te dwarsbomen. Het dameskoor had al voor de eerste keer gerepeteerd en de cursus spinnen was van start gegaan.

'Gun Ger zijn kleine overwinningen,' had Emma bepleit, 'en als het echt ergens om gaat overstemmen we hem. Letterlijk.'

Er was sinds de laatste ledenvergadering één korte bijeenkomst met het nieuwe bestuur gehouden en die was heel feestelijk geweest: het gemeentebestuur had Rust en Vreugd per brief laten weten dat de plannen voor de aanleg van een parkeerterrein voor onbepaalde tijd waren uitgesteld in verband met 'toetsing aan de Europese Ecologische Hoofdstructuur'. Er was een fles wijn opengetrokken en ze hadden getoost op de overwinning. Ger leek zowaar enigszins te ontspannen en Fietje had voor het eerst in weken geglimlacht.

De nieuwe voorzitter bleek, net als zijn vader, van vergaderen totaal geen kaas te hebben gegeten en dat wilden

Ahmed en Emma graag zo houden, omdat hij vooralsnog alles overliet aan Bert.

'Die Bert is aardig opgeknapt sinds de dood van Harm,' had Emma later tegen Ahmed gezegd. 'Ik weet niet waarom hij zo bang was voor Harm en dat geheim ligt waarschijnlijk bij Harm in de kist, en het is beter zo. Ik heb niet de indruk dat Ger iets tegen Bert heeft.'

Het actiecomité Handen af van Rust en Vreugd had zichzelf tot nader order op non-actief gesteld.

Bella de Winter had tegengesputterd. Ze vond dat het actiecomité in functie moest blijven en stelde voor haar broer de advocaat de belangen van Rust en Vreugd bij de gemeente te laten behartigen. 'Uiteraard tegen een gereduceerd tarief,' had ze er met een uitgestreken gezicht aan toegevoegd.

Aad had heel even zijn wenkbrauwen opgetrokken en nam toen resoluut het woord. 'Het lijkt me beter dat je broer zich weer gaat bezighouden met echtscheidingen,' zei hij onbewogen. 'Mochten we onverhoopt toch een advocaat nodig hebben, dan gaan we op zoek naar een specialist.'

Bella was vuurrood geworden, had een paar keer als een goudvis naar adem gehapt en was toen boos opgestaan.

'Parels voor de zwijnen,' siste ze en ze was de kantine uitgelopen.

'Opgeruimd staat netjes,' had Ger gebromd.

Cherrie was intussen druk met de verkiezing van de tofste tuinder van het jaar en met de voorbereidingen voor het grote diner ter afsluiting van het seizoen, dat over een kleine twee weken zou plaatsvinden. Ze had Irma Bijl en Inge Zijlstra ingeschakeld om haar te assisteren.

'Kan jij even lekker niksen, Emma,' had ze verklaard. 'Jij hebt al zo veel voor ons gedaan, geniet maar lekker van je rust.'

Emma had niet geprotesteerd en in twee weken bijna zes boeken uitgelezen.

# 67

Het was de eerste dag van de herfst, de natuur zag er al een beetje moe en gerimpeld uit. Op 1 oktober was het volkstuinseizoen ten einde en mocht er niet meer op het park geslapen worden.

Die morgen vroeg was het in en rond de kantine al een vrolijke drukte geweest.

Er was gesjouwd met tafels en stoelen, er waren slingers opgehangen en herfstboeketjes neergezet en er was een uitstalling van pompoenen. Fietje had de glazen gepoetst en Irma en Inge hadden de tafels gedekt. Cherrie had voornamelijk zenuwachtig in de weg gelopen.

Er hadden zich maar liefst zevenenveertig mensen voor het slotdiner opgegeven.

Nu was het half vier, een half uur voordat het grote diner ter afsluiting van het seizoen zou beginnen. De eerste gasten kwamen binnen.

De dresscode was fleurig, en de gasten hadden hun best gedaan: veel fleuriger had het gezelschap niet gekleed kunnen zijn. Herman was al na vijf minuten overprikkeld geraakt en was zijn zonnebril gaan halen.

Roos en Emma waren tevoren in het huisje van Roos als twee pubers eerst een half uur bezig geweest met twijfelen wat ze aan zouden doen en hadden daarna nog een half uur nodig gehad om zichzelf en elkaar op te tutten. Het resultaat mocht er zijn. Giechelend als bakvissen kwamen ze, als twee bonte veldboeketten, de kantine binnen. Emma had Roos tijdens het omkleden uitgehoord over haar onderzoek, samen met de stadsecoloog, naar de bedreigde diersoorten.

'Nou ja,' had Roos moeten toegeven, 'die meneer Pasman, dat is mijn oude vriend Stephan van de middelbare school, en hij is niet echt officieel stadsecoloog hoor, maar wel bioloog. En we hebben die rugstreeppad ook niet echt gezien en dat van die kikkers weten we niet helemaal zeker, maar we hebben wel aardig wat vleermuizen zien vliegen. En Stephan zei dat we, voordat ze bij de gemeente alles precies hebben onderzocht en in kaart gebracht, zo weer een paar jaar verder zijn.'

'Nee! Het grootste deel is dus bluf!' had Emma uitgeroepen.

'Nou... een beetje wel, ja. Maar het doel heiligt de middelen, toch?'

En daar hadden ze alvast een klein wijntje op gedronken.

Het was flink proppen geweest, maar Cherrie, Irma en Inge hadden met passen en meten twee lange tafels opgesteld en plek gemaakt voor zevenenveertig mensen.

Het zag er prachtig uit.

Emma zat tussen Fietje en Roos en keek tevreden rond. Om haar heen alleen maar vrolijke gezichten.

Cherrie tikte met een lepel tegen haar wijnglas om aandacht te vragen. Iets te hard. Er brak een groot stuk glas vanaf. Luid gelach. Haar onthutste gezicht maakte dat er nog harder werd gelachen.

Ze trok een grimas.

'Nou ja, scherven brengen geluk, zal ik maar zeggen. Maar goed. Lieve mensen, allemaal heel hartelijk welkom op het slotfeest van dit seizoen. En het was me het jaartje wel, met een hoop gedoe, maar dankzij heel veel mensen, en dan vooral onze Roos, hebben we de slag om Rust en Vreugd toch maar mooi gewonnen. Applaus!'

Gejuich en geklap.

Cherrie ging verder. 'Het was natuurlijk niet alleen maar koek en ei. Met het overlijden van mijn schoonvader, bedoel ik.' De mensen vielen stil. 'Maar daar hebben we al bij de ledenvergadering een minuut stilte voor gehouden, dus ik wil graag verdergaan met iets feestelijks. Zoals iedereen weet is dit jaar voor het eerst de verkiezing van de tofste tuinder van het jaar gehouden. Voor iemand te kiezen die niet alleen aardig is, maar ook mensen altijd helpt en voor iedereen klaarstaat met lieve wijze woorden. En soms ook met een glaasje sherry. Of wijn.'

Ze keek de kantine rond en wenkte haar zoontje. 'Boris, mannetje, kom je?'

Haar zoontje zeulde een groot pakket in cadeaupapier met zich mee en werkte zich moeizaam naar voren.

'Boris gaat de prijs uitreiken,' zei Cherrie en ze glom van trots. 'Hij heeft hem zelf gemaakt, met een klein beetje hulp van zijn vader. Lieve mensen, de allereerste prijs... voor de tofste tuinder van het jaar is... heel verdiend... gewonnen door... EMMA!'

Er klonk een daverend applaus. Iemand zette 'Lang zal ze leven' in en er werd luidkeels meegezongen. Boris liep naar zijn lievelingstuintante, gaf haar het enorme pak en viel haar daarna om haar hals. Emma kreeg het even te kwaad. Roos gaf haar glimlachend haar zakdoek.

Emma veegde een traan weg en pakte daarna het cadeau uit: een groot, door Boris geschilderd bord voor in de tuin met daarop in veelkleurige letters: TOFSTE TUINDER VAN HET JAAR.

Emma hief het bord hoog boven haar hoofd. Er werd opnieuw geklapt.

'Speech, speech!' brulde Charles.

Het werd stil.

Emma moest weer even slikken.

'Lieve mensen, ik ben heel trots op deze prachtige onderscheiding. En ik prijs mijzelf gelukkig dat ik hier op Rust en Vreugd een tuinhuisje heb, tussen al die andere toffe tuinders. Ons tuinpark is mooi, maar het zijn de mensen die Rust en Vreugd zo bijzonder maken. Ik ben heel blij. Dank jullie wel allemaal.'

Er werd nogmaals geapplaudisseerd. Emma voelde opnieuw tranen opkomen en nam snel een slok wijn. Ze hief het glas en er werd getoost. Daarna ging ze zitten, draaide zich naar Fietje en gaf haar een knuffel.

'Het lijkt hier wel een beetje op dat laatste plaatje van Asterix en Obelix,' zei ze tegen Fietje, 'met iedereen om een grote tafel vol eten. Alleen die ene is er niet. Die vastgebonden zit in een boom.'

Fietje keek Emma treurig aan en zei zacht: 'Nee, die is dood.'

Emma schrok. 'O... sorry, Fie.'

Fietje glimlachte, pakte Emma's hand en kneep er even in. 'Geeft niet. Het is goed zo, Em.'

Een paar uur later liepen Emma en Roos arm in arm en enigszins onvast ter been van de kantine naar hun huisjes. Emma sleepte het bord van de tofste tuinder met enige moeite achter zich aan.

Bij het tuinhekje van Roos namen ze innig afscheid. Zonder woorden.

Bij haar eigen tuinhekje zwaaide Emma nog even naar haar buurvrouw.

Toen ging ze haar huisje binnen, deed het licht aan en

liep naar het kastje met daarop de foto van Thomas. Ze hield het bord voor hem op.

'Kijk eens, lieve schat, wat een prachtige prijs ik heb gewonnen. Hij is ook een beetje voor jou.'

LEES MEER VAN

# Hendrik Groen

Zestigers Theo en Cobie hebben het nog altijd goed samen en genieten van hun pensioen. Joop en Hannie, een bevriend stel, hebben elkaar daarentegen weinig anders te bieden dan gekibbel en geklaag. De dagelijkse sleur is hen een last, maar veranderingen zijn zo mogelijk nog erger. Ieder jaar met de caravan op de Veluwe, verder reikt hun ambitie niet.

Tot de enthousiaste Cobie hen overhaalt om de wintermaanden gezellig met z'n viertjes door te brengen in Benidorm. Aan de Costa Blanca kan Joop tot zijn eigen verrassing de couleur locale wel waarderen. Ook Cobie en Theo vermaken zich uitstekend. Hannie daarentegen voelt zich juist met de dag eenzamer. De spanningen nemen langzaam maar zeker toe. Tot er niet veel meer nodig is om hun vakantie in Benidorm krakend te laten ontsporen.

Verkrijgbaar als

Geurt Putmans (47) woont met zijn chronisch zieke moeder in een nette vierkamerflat in Beverwijk. Ze hebben elkaar en leven een tevreden leven. Kalm en zonder verrassingen. Geurt werkt al vijfentwintig jaar als boekhouder bij Beter Slapen Matrassen en er is nog nooit één rekening de deur uitgegaan die niet tot op de cent klopte. Hij houdt eerlijk gezegd meer van cijfers dan van mensen. Cijfers doen nooit onverwachte dingen.

Maar als zijn moeder overlijdt, valt de bodem weg onder zijn harmonieuze bestaan. Hij heeft haar op haar sterfbed moeten beloven goed voor zichzelf te zorgen en iets van zijn leven te maken. Door een mooie reis te maken bijvoorbeeld. En hoewel het avontuur nadrukkelijk niet lonkt, doet hij zijn belofte gestand en boekt een twaalfdaagse busreis naar het noorderlicht, het natuurfenomeen dat hem al jaren mateloos boeit.

Als hij drie maanden later op een donkere oktoberochtend bij overstapplaats Didam in de bus van Den Oude Intratours stapt en om zich heen kijkt naar zijn medereizigers, vraagt hij zich af waar hij aan is begonnen. Maar er is geen weg terug.

Verkrijgbaar als

Heb je genoten van dit boek?

Laat dan een review achter op de site van de winkel waar je het gekocht hebt, of op een lezerscommunity als Hebban.nl. Dat helpt andere lezers dit boek ook te vinden.